［あじあブックス］
053

漢詩　珠玉の五十首

――その詩心に迫る

荘　魯迅

大修館書店

まえがき

本書は、「漢詩」という中国文学の燦爛たる宝庫から、五十首の作品を選んで鑑賞を試みたものである。

この五十首は年代的に言えば、中国史上最古の詩集――『詩経《しきょう》』に収められた歌から明代の詩までおよそ二千年の時に跨っている。詩型は絶句《ぜっく》（二十首）、律詩《りっし》（十三首）、古詩《こし》（十三首）、詞《し》（四首）などさまざまであるが、内容は漢、魏、南北朝の楽府《がふ》、唐詩《とうし》、宋詞《そうし》などに及び、名だたる大詩人たちをはじめ、名も知れぬ歌曲の作者を含めた三十四名の作品に渉っている。その中でも、漢詩の歴史における古今未曾有の黄金時代――唐の詩歌や詩人に重きをおいている。

作品の選択にあたっては紙幅の都合上、残念に思いつつも長篇のものをすべて割愛した。作品や詩人の行動を論理的に裏付けるためにどうしても避けて通れない場合も、節録の方法を採っている。また、注釈や現代語訳はなるべく平明な文章にするようつとめ、日本の漢学の先達が著した注釈書との比較が必要なときも、それもできるだけ読者の入手しやすい書物を取りあげることにした。

漢詩を集めた書籍の編集という点では、以下の三つの方法が一般的である。

Ⅰ　時代順に配列するもの

Ⅱ　詩型によって類別するもの

Ⅲ　主題によって構成するもの

例えば、『詩経』以下、二千年の歳月を辿りつつ作品を配列するのがⅠで、絶句や律詩という詩型による類別がⅡに属し、「山水」、「風土」など題目を立てながら構成するのはⅢにあたる。南朝梁《りょう》の『文選《もんぜん》』（蕭統《しょうとう》）から清代の『唐詩三百首』（蘅塘退士《こうとうたいし》孫洙《そんしゅ》）までの編者たちは、どちらかと言えば詩型を重んじるⅡの方法を好んで使っていた。しかし近代以降、編集の趣が変わったようだ。最近、中国で刊行された「総集《そうしゅう》（多くの人の詩文を集めたもの）」や「別集《べっしゅう》（個人別の詩文集）」は詩型より時代の流れを大切に扱っているので、Ⅰの方法をとっている書物が圧倒的に多い。

わたくしはこの五十首のイメージを鮮明にとらえるため、まず四つの章を立て、それぞれ「人と自然」、「風流詩情」、「詠史《えいし》――歴史をよむ」、「言志《げんし》――人生の真意を問う」というタイトルをつけた。更に、各章に収めた作品の内容に応じて、「山水、古跡に託された心（第一章・Ⅰ）」、「女性の切ない恋心（第二章・Ⅱ）」、「波瀾の時代を生きる（第三章・Ⅱ）」、「心の香り（第四章・Ⅱ）」などの題目をつけ加え、一つの章を幾つかに分けた。少数の例外を除いて、題目の枠内ではできるだけ時代順で作品を配列した。言わば、わたくしはⅢとⅠの方法を兼用し、主題別という前提の上で時代の流れにしたがって本書を構成したのである。

しかしタイトルや題目よりも、本書の執筆にあたってわたくしは「詩心に迫る」という命題を抱えていた。ここに取りあげた五十首の作品が、今から数百年前から二千数百年前につくられたが故に、学問的に解説しなければならないのは当然である。それでもほんとうの意味で「詩心に迫る」には、やはり言葉の注釈や解説だけではまだ物足りない。古人は詩についてこう述べている。

「詩は志によって育まれたものである。心に秘めた時は志であり、言葉をもって表現すれば詩となる」（『毛詩大序』）

この「志」とは心にめざす生き方であると同時に、異なる境遇におかれたとき人間の心に満ちあふれる哀歓をも指す。突きつめて言えば、詩は志の現れで魂の歌なのだ。詩人は鋭い感受性をもって社会生活に心身をゆだね、深い洞察力をもって人生の真意を観照したからこそ心をゆさぶる多くの名吟を生み出した。それらの名吟に託された詩心に迫るためには、作品の行間に見え隠れする詩人の魂を凝視し、その喜びや悲しみの叫びに耳を傾け、そして感情がほとばしる心の脈動をとらえなくてはならない。したがってわたくしは本書で、細心な解説と同時に、多くの史料や説話に基づいて詩人たちが生きた時代の様相を考察し、各々の生い立ちや個性を究め、そしてそれらを背景に、作品を重ね合わせ分析した上で独自の論説を展開することにした。

　書き進めていくうち、わたくしはやがて自分の筆を導くある潜在的意識に気がついた。確かに五十首はすべて古人の作品である。しかしその一首、一首によって織り成された人生、歴史の縮図は時空を越え、われわれが生きる現代社会をいろいろな角度から映し出している。筆を運びつつ、杜《と》甫《ほ》、李白《りはく》、温庭筠《おんていいん》、蘇軾《そしょく》、孟浩然《もうこうねん》、王昌齢《おうしょうれい》、白居易《はくきょい》、柳宗元《りゅうそうげん》（配列は作品数、および登場順による）、および彼らの作品が知らぬ間に本書の中心となっていった。時を異にして波瀾の時代を生きた彼らの詩は、時にはどん底に追い込まれた人間の悲しい呻吟に聞こえ、時には自他を慰め励ますやさしい歌と化す。また時には社会の不条理や不平等に発した心の叫びに変わり、時には尊い生命への無上なる賛歌となって、不況や戦乱に苦しむわれわれに逆境を越える力量と英知を与えてくれる。そのことがいつのまにか、わたくしの潜在意識となって働いていたのだろう。

　ところで巻末の「付録」は、作品を例に挙げつつもっぱら漢詩の技法を説いたものである。可能な限りわかりやすい言葉でつづってみたが、それでも漢詩の醍醐味をいっそう深く味わえるよう、やや難解で専門的な用語を使うことも辞さなかった。とにかく「付録」は、鑑賞のみにとどまらず、「更なる高みへ」と望む方々の参考になれば幸いと思って書き添えた次第である。

本書の作成については多くの中国、日本の史書や詩集を参考にさせていただいた。重ねて感謝の意を表したい。浅学を顧みず漢詩という大海に釣り糸を垂らし、詩心に迫るため従来の見解に異説を唱えたりする無礼は、ぜひともお許しいただきたい。

荘　魯迅

目次

第一章 人と自然

Ⅰ　山水、古跡に託された心

更なる高みへ――五言絶句・「鸛雀楼《かんじゃくろう》に登る」（盛唐・王之渙《おうしかん》）

宋の学者――沈括《しんかつ》（一〇三〇～一〇九四）は、その名著の『夢渓筆談《むけいひつだん》』で、鸛雀楼（鸛鵲楼）のことを次のように描いている。

「河中府《かちゅうふ》の鸛雀楼は三階あり、前に中条山《ちゅうじょうざん》を瞻《み》あげ、下に大河を瞰《みお》ろす。唐の人、詩を留《のこ》す者甚だ多し」

河中府は、今の山西省永済県《えいさいけん》である。唐の初期には蒲州《ほしゅう》と呼ばれ、南下する黄河がこのあたりで東へ曲がるため、河東道《かとうどう》の重鎮と見なされていた。中条山は永済県の東南にあるが、太行山と華山の真ん中に横たわっているので、中条山と名づけられた。大河とは、言うまでもなく黄河を指すのである。鸛雀楼は、それらの名山大河に包まれるような形でそびえ立っていた。その壮麗な景観に魅せられ、唐代の詩人たちは多くの作品を詠み遺したのだが、中でも、王之渙の五言絶句が優れていると、沈括は言う。

登鸛雀楼　　鸛雀楼《かんじゃくろう》に登る

白日依山盡　　白日《はくじつ》　山に依《よ》って尽き
黄河入海流　　黄河　海に入って流る
欲窮千里目　　千里の目を窮《きわ》めんと欲せば
更上一層樓　　更に上《のぼ》る　一層の楼

（大意）夕陽は、山によりそうようにして沈みゆく。黄河は遥か彼方の海へ向かって流れ去る。千里の眺めをきわめようとするのなら、更に上の階へ登ろう。

王之渙は、垂拱《すいきょう》四（六八八）年に生まれ、天宝《てんぽう》元（七四二）年に没している。字《あざな》を季淩《きりょう》といい、絳郡《こうぐん》（山西省新絳《しんこう》）の人であった。若い時、彼は俠客気どりで、豪族生まれの若者たちと交遊し、狩猟や酒宴に日々を費やしていた。しかし、同じ唐代の靳能《きんのう》が書いた墓誌銘によれば、王之渙は「弱冠にならずして文学の精を究め、壮年に及ばずして典籍の奥を窮め」たという。前説と重ねて見ると、彼は俠客の気質を持ちながら、二十歳の前にはもう文学に精通し、壮年になろうとした時はすでに古典の奥義をきわめた、実に天才型の詩人と言えよう。
が、あまたの文人と同様に、彼も仕官の途で挫折に遭う。衡水《こうすい》（河北省衡水県）の主簿《しゅぼ》（知事の助手）をつとめた時、王之渙は人に中傷され官界を去ったのである。その後、彼は黄河に沿って旅をし、十五年間にわたり放浪の生活を送っていた。詩人としての名がいよいよ聞こえ、親友の推薦によって再び官職に就くが、これからおのれの才能を発揮しようとした矢先に病に倒れ、そのまま没した。享年五十五歳であった。

王之渙の詩には、志を果たせない悲愴の響きと、辺境の厳しい風土を描くものが多いと伝えられているが、残念なことに現存の作品は六首だけだ。「鸛雀楼に登る」は、黄河を漫遊した時代に詠まれたものである。

起句の落日への眺めに次いで、承句は黄河の東海へ流れゆくことを詠んでいる。眼前の落日、高山、大河に加え、遥か遠方の見えない海――詩人は雄大な気迫で現実の風景をおのれの心象風景に重ね合わせた。

ここまで来れば、もう景色は詠み尽くされたかと思うとそうでもないようだ。王之渙は筆鋒を一転し、より壮大な景観を眺めようとするのなら、更に高いところに登ろうとつづけた。限られた人生に限りない意義をもたらす信念を、登高《とうこう》と遠望という行為を通して表したのである。少年時代から身についた侠気と長年の漫遊は、挫折に遭ったにもかかわらず、詩人に奔放不羈《ほんぽうふき》の風格をもたらした。

羌笛《きょうてき》の悲しいメロディ――七言絶句・「涼州詞《りょうしゅうし》」（盛唐・王之渙《おうしかん》）

ところで、唐の薛用弱《せつようじゃく》が著した『集異記《しゅういき》』に、王之渙の逸話が一つある。

開元《かいげん》（七一三～七四一）年間、王之渙は長安で閑居していた。雪が降りしきる冬の日、彼は有名な詩人で親友だった王昌齢《おうしょうれい》や高適《こうせき》と、ある旗亭《きてい》（料理屋）に入った。酒を飲み交わしているうち、宮廷の楽師や俳優の十数人が店に入り宴会を開いた。王之渙らは片隅の囲炉裏に手をかざしながら、その賑わいを眺めていた。やがて音楽が奏でられる。俳優たちに呼ばれてきた芸妓と見えるが、きらびやかな着物を身につけた四人の美女が登場し、うたの用意をしているようだ。王昌齢は声を低め、

「われら三人は詩人として名を等しくしていて、未だ高低が定まっていない。提案だが、これから美女たちのうたう歌に、誰の詩が最も多く使われるかによってその者を最高の詩人と定めてはいかが」

と問うた。王之渙や高適はむろん頷いて賛成する。そのとき、一人目の女がうたいはじめた。

「寒雨《かんう》　江《こう》に連《つら》なって、夜　呉《ご》に入る……」

王昌齢の七言絶句――「芙蓉楼《ふようろう》にて辛漸《しんぜん》を送る」（第四章のII、二〇四頁を参照）であった。昌齢はすかさず、壁に横棒を描いてうれしげに言う。

「まずはわたしの一本だ」

次の女が声をあげた。

「篋《はこ》を開けて　涙　臆《むね》を霑《ぬら》し、　君の前日の書を見る……」
（箱を開けたら涙がはらはら流れ胸を濡らしてしまった。いつか、あなたがよこしてくださったおたより
が目に入ったのだから……）
「今度はわたしの番だ」
高適も喜んで壁に一本を画く。三人目の女が前に出てうたいだしたが、これもまた王昌齢の作品
だ。昌齢は壁に二本目を画き添いながら、王之渙をからかって言った。
「君はやはり、まだまだ駄目のようだな」
明らかに劣勢に立った王之渙であるが、それでも彼は意地を張って言葉を返す。
「これまでうたったのはみな、落ちぶれた歌い手に過ぎない。うたった歌も全部、しもじもに好
かれるようなものばかり。わたしの高尚な作品に、彼女らは所詮近づきようもないだろう。それに
……」
彼は四人目の女を指さして、
「一番美しい子がまだうたっていないではないか。彼女なら、きっとわたしの詩をうたってくれ
るさ。そうなった時は、君たちは土下座でもして、このわたしを最高と拝みたまえ」
と、笑いつつうたを待った。
四人目の女は確かに綺麗だ。黒い髪を高く結い、その上に「歩揺《ほよう》」と呼ばれる簪《かんざし》をさしている。
歩くと、玉の下げ飾りが可愛らしく揺れきらめくので、「歩揺」と名づけられたのである。

彼女はなよやかに一礼し、琴の音にのってうたいだした。その第一声で、王之渙は飛び上がらんばかりになった。

「黄河　遠く上《のぼ》る、白雲の間……」

王之渙の名作「涼州詞《りょうしゅうし》」であったのだ。うたが静まるや否や、彼はほかの二人に向かい、

「田舎者ども！　わたしの言うことに間違いがなかったろう」

と言い放った。三人は肩を叩き合い、声をあげて笑った。楽師や女たちが驚き、どうしてこんなに歓んでおられるのかときくと、王昌齢は経緯を話した。一座は更に驚き、

「時めく大詩人たちが隣にいらっしゃるとも知らず、たいへん失礼いたしました。よかったらぜひ、お席をこちらに移していただきたい」

と詫びながら願った。

王之渙らも、喜んでその一座に加わり、皆と杯を交わして心ゆくまで語りあった、というのである。

この逸話から、「旗亭画壁《きていがへき》」という故事成語まで生まれたが、それほど、心を許しあった詩人たちの事跡は広く語り草にされていたのだ。信憑性のほどはともかくとして、この逸話は少なくとも、王之渙らの詩が当時すでにプロのミュージシャン（宮廷の楽師）や町の芸妓たちに愛唱されていたことを物語っている。同時に、詩を音楽に載せてうたう風習が、唐代では確かにあったことを証明しているのである。

同じく王之渙の傑作として、その「涼州詞」をもここに写しておく。涼州詞は、もともと西域から伝来した楽曲であった。開元年間、西涼府の都督であった郭知運《かくちうん》が玄宗皇帝に献上したと言われている。新奇さを好んだ唐の人々はすぐそれを取り入れ、新しい詞をつけてうたうようになった。スタイルは七言絶句と全く同じであり、辺塞の風土や兵士の孤独をうたうことが主となっている。右に挙げた逸話――「旗亭画壁」の背景も開元年間であったというので、王之渙の「涼州詞」が、その原曲が伝来したばかりの時に創られたことがわかる。

涼州詞

黄河遠上白雲間
一片孤城萬仞山
羌笛何須怨楊柳
春風不度玉門關

涼州詞

黄河　遠く上《のぼ》る　白雲《はくうん》の間
一片《いっぺん》の孤城《こじょう》　万仞《ばんじん》の山
羌笛《きょうてき》　何ぞ須《もち》いん　楊柳《ようりゅう》を怨《うら》むを
春風　度《わた》らず　玉門関《ぎょくもんかん》

（大意）黄河は遥か西方へ、白雲の漂うところまで上っていく。万丈の高山に、ただ一つの城塞がそびえたっている。そんな孤城で、辺境を守る兵士たちは今も、郷愁を抱え孤独に包まれているのであろう。羌人の笛よ、どうして怨めしく「折楊柳《せつようりゅう》」の調べを吹き立ててばかりいるのか。春風の度らない玉門関の外で、その悲しい別れの曲を聞けば、兵士や旅人の郷愁はますます深まってゆくのではないだろうか。

物換《ものか》わり星移《ほしうつ》り昔日の栄華はいずこへ——七言古詩・「滕王閣《とうおうかく》の詩」(初唐・王勃《おうぼつ》)

王之渙の「鸛雀楼に登る」より時を遡って、初唐の王勃も楼閣を詠んだ名作を遺している。王勃は、同時代の楊炯《ようけい》、盧照鄰《ろしょうりん》、駱賓王《らくひんのう》らと並べて「初唐四傑《しょとうしけつ》」と称され、当時の詩壇における代表的な存在であった。「滕王閣の詩」は、二十六歳の王勃が「滕王閣の序」という散文の結びとして詠んだ作品である。

滕王閣詩

滕王高閣臨江渚
佩玉鳴鸞罷歌舞
畫棟朝飛南浦雲
珠簾暮捲西山雨
閑雲潭影日悠悠

滕王閣の詩

滕王の高閣《こうかく》　江渚《こうしょ》に臨《のぞ》み
佩玉《はいぎょく》　鳴鸞《めいらん》　歌舞《かぶ》　罷《や》みぬ
画棟《がとう》　朝《あした》に飛ぶ　南浦《なんぽ》の雲
珠簾《しゅれん》　暮《く》れに捲く　西山《せいざん》の雨《あめ》
閑雲《かんうん》　潭影《たんえい》　日に悠々《ゆうゆう》

物換星移幾度秋
閣中帝子今何在
檻外長江空自流

物換《ものかわ》り　星移《ほしうつ》りて　幾度《いくたび》の秋ぞ
閣中《かくちゅう》の帝子《ていし》　今何《いず》こにかある
檻外《かんがい》の長江　空《むな》しく自《おの》ずから流る

（大意）滕王が建てた高殿《たかどの》は、贛江《かんこう》の渚に臨んでそそり立っている。かつてはここに、玉の飾り物を身につけ、金鈴を鳴らした馬車に乗った貴人たちが集い、にぎやかに歌や舞を楽しんだのであろうが、その様子はもう昔のことになってしまった。美しく画かれた棟木《むなぎ》には、南浦《なんぽ》の雲のみが朝ごとに飛び交う。暮れに捲きあげられた珠の簾には、わびしい西山《せいざん》の雨だけが漂い舞う。

のどかに流れる雲が水面に影を映し、悠々たる日々を語っているようだ。万物が移ろい年月が過ぎ去り、果たして幾たびの春秋を迎えたことか。この高殿に遊んだ帝の御子はすでにいない。ただ手すりの外の大河だけが、今でも轟きながら流れているのだ。

滕王閣は、唐の初代皇帝の子である滕王李元嬰《りげんえい》が建てたものだった。江西省南昌《なんしょう》市の沿江大道《えんこうだいどう》の中段に位置し、贛江と撫河《ぶが》が合流するところに面している。史上、何度も戦禍や災難をこうむったため、前後に二十九回におよぶ修築が繰り返された。一九二六年、国民革命軍は南昌に立て籠もる軍閥に猛烈な攻撃を加えた。陥落の前夜、滕王閣は軍閥の兵隊に焼き払われ、徹底的に破壊されたのである。現在の滕王閣は、一九八五年の十月一日から再建を始め、八九年の九月九日に竣工した新しい建物だ。この詩が詠まれたのは、その竣工した日より、千三百十四年も前のことであった。

上元二（紀元六七五）年の九月九日、南昌一帯の軍政長官にあたる洪州都督《こうしゅうととく》の閻伯嶼《えんはくよ》は、滕王閣で重陽の節句を祝う宴会を設けた。彼は遠近の名士を招き、滕王閣を讃える文章をつづるよう頼んだのである。

現在の滕王閣

ちょうどその時、海南へ行こうとしていた王勃が、洪州に立ち寄りそれを耳にした。二十六歳で参軍《さんぐん》という下級官位にいた彼は自分で自分を推薦して、ようやく宴会に入れてもらい下座に落ち着いた。

在席の名士たちは、しかし閻都督《えんととく》の真意が手に取るようにわかっていた。皆に文章づくりを頼んでおきながら、本当は婿の孟学士《もうがくし》の才能を世間にひけらかそうとしているのだ。その文章は前から完成していたのに違いないが、それでも孟学士は皆の前で即興のふりをする。最後に取り巻きの文人たちが「すばらしい！」との声を揚げれば一件落着、ということである。

――こうなった以上、おれたちはただ酒を飲み、手をこまねいたまま孟学士の芝居を待つしかないわけか。

と、皆がそう思いつつへりくだっているうち、筆や紙が王勃のところに回ってきた。若い彼は、直ちに筆をとりよく考えもせずに書き始めた。

――世間知らずの若僧が！

閻都督は怒りを抑えきれずに座を立った。一方、手下に王勃の文章の進み具合をうかがわせることも忘れなかった。文章が書き進まれ、客席はしいんとなる。手下から細かに報告を聴いていた都督が、ついに席に戻り上から王勃の筆運びを覗き込んだ。

「落霞《らっか》は孤鶩《こぼく》と斉《ひと》しく飛び、秋水《しゅうすい》は長天《ちょうてん》と共に一つ色づく――」

（落霞與孤鶩齊飛、秋水共長天一色――夕焼けは孤独の鴨と一緒に飛び、秋の河は高い空と同じく色づい

ている)
というところまで見て、閻都督は思わず、
「これぞ真に天才、不朽の名文だ」
と賛嘆をもらしたのである。これが、後世にまで名文と称された「滕王閣の序」であった。

右に挙げた「滕王閣の詩」は、「滕王閣の序」全文を凝縮した精華とも言うべき作品である。南浦、西山、閑雲《かんうん》、潭影《たんえい》などは一つの空間を構成し、「日悠悠《ゆうゆう》」はその空間に時の流れていくことを暗示している。物換り、星移って幾度の秋が過ぎ、栄華を貪った帝子《ていし》もやがては死ぬ——これこそ、人の世の無常なのだ。それらをすべて見つめてきた滕王閣は依然としてそそり立ち、長江(ここでは贛江のことを言う)は相変わらず滔々《とうとう》と流れる。王勃は絶えず変わる人の世と、永久に変わらぬ自然との対比を、深い感慨をこめて詠みあげたのである。同じく楼閣を詠んだものにもかかわらず、王之渙の「鸛雀楼に登る」が人生の真意を究めようとしたのに対し、「滕王閣の詩」は世の無常を嘆いた秀作であった。

この詩を詠んだ翌年の上元三(紀元六七六)年、二十七歳の王勃は海南から帰る途中、海に溺れて命を落としたと伝えられている。

天門山を望み、李白の詩心は躍動する――七言絶句・「天門山《てんもんざん》を望《のぞ》む」（盛唐・李白）

天門山は、安徽《あんき》省当塗《とうと》県から西南へ約十数キロ離れたところにある。東へ流れる長江が、このあたりで北へ曲がり、幅が狭くなるにつれ勢いもかなり激しい。その流れを、東西両岸から挟むように聳えているのは天門山である。実は、両岸に立つ二つの山にもそれぞれ名がついている。東の方が博望山《はくぼうざん》であり、西の方が梁山《りょうざん》と呼ばれた。あまりにも対称的な形を成しており、遠くからは門をかたどっているように見えるので、古来、併せて天門山と称されてきたのである。

李白（七〇一～七六二）は生涯、多くの月日を当塗で過ごしたが、天門山のあたりにも、幾たびとなく往来したと思われる。『李白集校注』（上海古籍出版社・一九八〇年）を繙けば、天門山に触れた散文や詩が所々に見られる。その一つ、「天門山を望む」という七言絶句は、躍動する李白の詩心を自然に託し、天門山の風景を雄大なスケールで描きあげた一首であった。

望天門山

天門中斷楚江開
碧水東流至此迴
兩岸青山相對出
孤帆一片日邊來

天門山を望む

天門　中断《た》えて　楚江《そこう》　開き
碧水《へきすい》　東に流れて　此《ここ》に至って迴《めぐ》る
両岸の青山《せいざん》　相対《あいたい》して出《い》で
孤帆《こはん》　一片《いっぺん》　日辺《にっぺん》より来たる

（大意）楚江は、激しい勢いをもって天門にぶつかり、それを真二つに割ったようだ。東へ、東へと流れてくる紺碧の水が、先を争って天門を越えようとする。だが向き合う山崖にうちよせては砕かれ、甲斐もなく渦巻き廻っている。

鬱蒼とした山々は、江を隔てて沈黙の中で対峙しているが、船で先をゆくわたしの目には、あたかも動き出しているかのように映ったのだ。ああ、風に乗り波に揺られ、孤独のさすらいをつづけるこの小船は、遥か落日の彼方からやってきたものだ。

湖北省の宜昌《ぎしょう》から安徽の蕪湖《ぶこ》まで流れる長江の中流は、古には楚の国に属していた。楚江は、その別称である。

第一句は楚江の激流を主格に置き、天門を真二つに開けたのがまさにその雷電の如き力だと詠んでいる。

第二句は、テキストによっては「至此廻」でなく、

――「至北廻」（松枝茂夫編・『中国名詩選』）――

――「直北廻」（吉川幸次郎、小川環樹編／今鷹真、筧文生、入谷仙介、福本賀一訳・『唐詩選』、松浦友久編訳・『李白詩選』）――

（迴・廻・廻は、全て同字。）

となっている。実は、これらの異なるテキストは、もとを正すとみな中国から伝わってきたものだ。さまざまな写本の中、とりわけよく使われていたものとして、楊斉賢《ようせいけん》（宋）、胡震亨《こしんぼう》（元）、王《おう》

琦《き》（清）の本が挙げられる。日本の学者たちは、違う時期にこれらの翻刻本を手に入れ、各自の感性によって選んだ上、それぞれテキストを確定したのだろうと思う。しかし中国の詩なのに、なぜ中国でも幾通りもの写本があったのかと言えば、その原因は実に簡単である。例えば、「至此迴」の「此」と「至北迴」の「北」は、もともと字体が近似しており、筆で写すことによって伝承された時代では、書き間違える可能性が大いにあったのだろう。一方、「至北迴」の「至」と「直北迴」の「直」とは、古漢語では発音が似ていたので、今度は口による伝承の場合、聞き間違えやすい。では、いったいどれが正しいか。

日本語に読み下すと、「至北迴」が「北に至って迴《めぐ》る」（『中国名詩選』）となり、「直北迴」が「直ちに北に迴る」（『唐詩選』）か、「直北《ちょくほく》に迴る」（『李白詩選』）ということになる。口語に訳せば、「ここから北へ向きを変える」か、「ここでまっすぐに北に方向を変える」か、あるいは「直北《まきた》へと迴ってゆく」になる。意味の上ではあまり大差がない。確かに、西から東へと流れる長江はここに至って、向きを北に変え流れていった。博望山と梁山が長江を隔てて東西に対峙しているという地理的状況も、それを説明するに十分であろう。しかし、わたくしは地理的な説明よりも、詩の流れを今一度考えなくてはならないと思う。同じ第二句には「東」という方向を示す表現がすでにあった。それに加えて「北」、更に「迴」――その「迴」も「方向を変える」意味となれば、あまりにもくどくて李白らしくないように感じられる。なにしろ、李白は、

「黄河の水、天上より来《きた》る」――（将進酒）

「白髪三千丈」――（秋浦の歌）
「山は人面より起こり、雲は馬頭に傍《そ》うて生ず」――（友人の蜀に入るを送る）
といった奇想天外な表現で唐詩の最盛期を築いた一人なのである。現代風に言えば、彼は浪漫派の大詩人にほかならないのだ。そんな李白にしては、
「青い水が東に流れてきたが、ここから北へ向きを変える」
というような表現は、いかにもリアルで平凡過ぎると、わたくしは思う。むしろ、一旦は凄まじい勢いで天門を叩き開けたにもかかわらず、今度は不動の崖に阻まれ空しく渦巻いている水を描くことによって、天門の迫力をいっそう引き立たせようとしたのではないだろうか。換言すれば、第一句が水流の激しさを強調したのに対して、第二句は「至此迴」を通して山の威厳をあらためて示したものであった。

したがって、わたくしは「至此迴」を取った上、「迴」を「方向を変える」でなく、崖に砕かれた流れが渦巻いている様子と解したのである。ちなみに、「至此迴」は、清の乾隆年間に刊行された『李太白文集』（王琦著）の校注によるものであり、前野直彬氏の『唐詩選』もこれを使っている。

さて第三句は、一般的には、「両岸にはみどりの山が、むきあってそびえ立ち」か、あるいは「両岸の緑の山は向いあって出ばり」かと解釈されている。しかしこれらの解釈は結局、いずれも「出」という文字から動感に満ちた意義を見出すことができなかった。山が静止的なものであるの

に、なにゆえ動感に満たされなければならないのかと、疑問に思う方もいらっしゃるに違いない。禅問答じみた話に聞こえるかもしれないが、ここで実際に動いているのは、むろん山そのものではない。李白の目に山が動いたように映ったのは、ほかならぬ李白自身が動いているからだ。この「出」という動感に満ちた一字はまた、結びの「来」を引き出す大事な表現でもあった。われわれは「出」と「来」の呼応を通して、天門を望んでいた李白の立場を確認できるのである。

　船が激しい流れに乗って突き進む。いよいよ眼前に迫ってきた天門を見上げ、李白の詩心は一瞬に大きく動かされた。鬱蒼とした天門は今、遥か落日の彼方より「来」たる旅人を「出」迎えようとしているのだ……

自然の移ろいを一幅の絵に——七言絶句・「六月二十七日、望湖楼《ぼうころう》にて酔いて書《しょ》す」（北宋・蘇軾《そしょく》）

　蘇軾は、字を子瞻《しせん》といい、のちに自ら東坡居士《とうばこじ》と号した。宋の仁宗《じんそう》朝の景祐《けいゆう》三（一〇三六）年、蘇洵《そじゅん》の次男として眉山《びざん》県（四川省眉山県）の紗縠行《さこくこう》に生まれた。父の蘇洵、二年後に生まれた弟の蘇轍《そてつ》と並べて後世に「三蘇《さんそ》」と称される。三人とも、唐や宋を代表する八人の散文家——いわゆる「唐宋八大家」に数えられたからであった。

　嘉祐《かゆう》二（一〇五七）年、蘇軾、蘇轍兄弟はそろって優秀な成績で科挙に及第する。蘇軾が二十二歳、蘇轍が十九歳の年であった。その後、時めく文士で高官だった欧陽修《おうようしゅう》に抜擢されて官途を歩み始め、母、父の喪に服するため足掛け六年間の休職を除き、蘇軾は前後に鳳翔府《ほうしょうふ》（陝西省鳳翔県）の高等事務官や、権開封府推官《けんかいほうふすいかん》（首都開封の刑法をつかさどる官職）に任じられる。博い学識と優れた決断力をもって、精勤恪励《せいきんかくれい》の日々を送っていたのである。

熙寧《きねい》四年は、西暦の一〇七一年にあたる。その年末、三十六歳の蘇軾は通判《つうはん》として杭州に赴任した。通判とは、宋の初期にもうけられた官職である。州や府の長官に次ぐ地位とはいえ、行政、司法をつかさどり、官吏の奉公ぶりを監察する要職でもあった。

忙しい公務の中、半年の月日があっという間に過ぎる。翌（一〇七二）年の六月二十七日、蘇軾は公務から離れ、杭州の名勝である西湖に遊んだ。望湖楼に登り酒を飲み、酔いに乗じて絶句を五首も詠み遺している。次の七言は「その一」である。

六月二十七日望湖樓醉書

六月二十七日、望湖楼《ぼうころう》にて酔いて書す

黑雲飜墨未遮山
白雨跳珠亂入船
卷地風來忽吹散
望湖樓下水如天

黒雲　墨を翻《ひるがえ》して　未だ山を遮《さえぎ》らず
白雨　珠《たま》を跳《おど》らせて　乱れて船に入る
地を巻き風来《きた》りて　忽《たちま》ち吹き散ず
望湖楼下　水　天の如し

（大意）墨をまきちらした黒い雲は、まだ山の姿を覆い隠しきれない。と思うと真珠を跳ねとばしたように、白い雨のしずくは船におどりこむ。突然、地を捲きあげる風はすべてをさっと吹き払った。望湖楼から見渡せば、水と空の色はもうひとつに溶けあったようだ。

杭州は、東南地域の都市として唐代にすでに栄えていた。唐の名士だった李泌《りひつ》や白居易《はくきょい》らが、時を異にして杭州の開発に力を注いだ話は有名である。紀元九〇七年、唐王朝が滅びてから九六〇年まで、中国は五十数年にわたり分裂状態に入った。史上に言う「五代十国《ごだいじっこく》」の時代である。その間、黄河流域は絶えざる戦乱によって、計り知れないほどの破壊を蒙ったのだが、長江流域は比較的に平穏で、経済も文化も上昇の傾向にあった。

呉越《ごえつ》は、杭州を中心に建てられた小国であった。小国だけに、可能な限りに隣国との争いを避け、「保境安民《ほきょうあんみん》」という方針のもとで水利を修め農業の発展をはかる。同時に、日本、高麗、新羅などと貿易や文化の交流をも深めたのである。望湖楼は、呉越王の銭鏐《せんりょう》（八五二〜九三二）の命によって紀元十世紀の中葉に建てられたものである。

望湖楼から眺めた夏の時雨は、詩情あふれるものだった。黒い雲が涌き、白い雨の滴が激しく降り注ぐ。力を誇示しあっているように見えた雲と雨が、風によって一瞬に吹きはらわれ、天、水は再び青く照らしあった。この自然の移ろいを、蘇軾は咄嗟にとらえ、絵に例えれば潑墨《はつぼく》のような技

西湖・蘇提の眺め

法でこの絶句を詠んだのである。

前述したように、この詩が詠まれたのは、熙寧五（一〇七二）年の夏であった。三年前（一〇六九）、宰相王安石《おうあんせき》は、困窮を極めた国家財政を立て直すため急進的な改革法案を打ち出した。これをめぐって、世論は大きく分かれ、官界も激しい党派抗争の渦に巻きこまれる。若い時から、宋の初期の革新家――范仲淹《はんちゅうえん》を慕ってきた蘇軾であるが、王安石の新法には異論を唱えた。改革そのものを嫌ったわけではなく、あまりにも急激な変革は時局の混乱を招き、すでに弱まった国をいっそうどん底に追い込みかねないと見たからであった。

一方、新法推進派は蘇軾の異論に脅威を覚え、これを封じるよう手を尽くす。政見が異なることによる論戦は、しだいに彼個人への誹謗と化していったのである。杭州へ赴任したのは、逆境に立たされた蘇軾が政敵の迫害を避けるためであったのだ。それでも、彼は鬱憤の色を少しもこぼさない。むしろ相照らす天と水に心を躍らせつつ、変幻に富んだ西湖の姿を活写したのである。

西湖を美女に見立てて——七言絶句・「湖上《こじょう》に飲む、初《はじ》め晴れ後《のち》雨ふる」(北宋・蘇軾《そしょく》)

次の一首は、「望湖楼にて酔いて書す」よりやや遅れて、同じく西湖を詠んだ蘇軾の作品である。

飲湖上初晴後雨　　湖上に飲む、初め晴れ後雨ふる

水光瀲灩晴方好　　水光　瀲灩《れんえん》として　晴れて方《まさ》に好《よ》く
山色空濛雨亦奇　　山色　空濛《くうもう》として　雨も亦《ま》た奇なり
欲把西湖比西子　　西湖を把《も》って　西子《せいし》に比《ひ》せんと欲すれば
淡粧濃抹總相宜　　淡粧《たんしょう》　濃抹《のうまつ》　総《すべ》て相宜《あいよろ》し

(大意)水が満々と湛えられ波が陽に輝き、西湖は晴れてこそ美しい。薄い霧がふわりと漂い、雨にかすむ山の景色もまた素晴らしい。西湖に見とれているうち、ふと、古の美女西施《せいし》が心に浮かんだ。薄化粧だろうと厚化粧だろうと美女ならどちらにしても似合うものだ。

「瀲灩」とは、光り輝くさざ波を言うが、「空濛」はそぼ降る雨にかすむ様子を表している。西子とは、言うまでもなく絶世の美女——西施のことを指す。

紀元前四九四年、越王の勾践《こうせん》は、呉との戦いに敗れ亡国の危機に瀕した。彼は恥辱を忍び、西施を呉王夫差《ふさ》に贈って和を乞う。それから臥薪嘗胆《がしんしょうたん》の日々を送り、やがて西施の美しさに溺れた夫差を破り、呉を滅ぼしたのは紀元前四七三年のことであった。西施は歴史を動かした女性として、「中国四大美女」の一人目に挙げられている。

蘇軾は、数々の名勝に筆墨を費やそうとはしない。かわりに、

「西湖を把って西子に比せんと欲すれば」

という絶妙な比喩を通して、読む者の想像を膨らませた。たった二十八文字の短詩だが、ある意味では、あらゆる名勝に対する具体的な描写よりも西湖の美しさを伝え得ているのだ。西湖がそれ以来、西子湖《せいしこ》という別称まで持つようになったのも、この作品がいかに人々の心をとらえているかを物語っている。

ところで、蘇軾はのち、知事として再び杭州に赴いたが、元祐《げんゆう》四（一〇八九）年から六（一〇九一）年まで、足掛け三年間ほどその地にとどまった。任期中、彼は一つの宿願を遂げる。前後に二十余万人を動員し湖底を浚い、掘りあげた泥で西湖の南北を貫く堤を造らせた上、更に柳や桃の並木を植えたのである。そのめざましい働きによって、輝きを増した杭州はついに「東南第一州」の美称を得て、天下の文人墨客の憧れの地となった。長さ二・八キロメートルに達する堤を含む風景

も「蘇《そ》堤《てい》春《しゅん》暁《ぎょう》」と名づけられ、蘇軾の功績を讃える永遠なる記念碑として世に遺っているのである。

II　望郷のうた

二度と戻らぬ歳月への感慨――七言律詩・「黄鶴楼《こうかくろう》」（盛唐・崔顥《さいこう》）

「山水詩」の篇に、王之渙の「鸛雀楼に登る」と、王勃の「滕王閣の詩」を取り上げたが、同じく楼閣を詠んだ名作として、崔顥の「黄鶴楼」にも触れておきたいと思う。

黄鶴樓

昔人已乘黃鶴去
此地空餘黃鶴樓
黃鶴一去不復返
白雲千載空悠悠

黄鶴楼

昔人《せきじん》　已《すで》に　黄鶴に乗《じょう》じて去り
此《こ》の地　空《むな》しく余す　黄鶴楼
黄鶴　一たび去って　復《ま》た返らず
白雲　千載《せんざい》　空しく悠悠

晴川歴歴漢陽樹　晴川《せいせん》　歴歴《れきれき》たり　漢陽樹《かんようじゅ》
芳草萋萋鸚鵡洲　芳草《ほうそう》　萋萋《せいせい》たり　鸚鵡《おうむ》洲《しゅう》
日暮郷関何處是　日暮《にちぼ》　郷関《きょうかん》　何《いず》れの処《ところ》か是《こ》れなる
煙波江上使人愁　煙波《えんぱ》　江上《こうじょう》　人をして愁《うれ》えしむ

（大意）遠い昔、ここを訪れた仙人は黄鶴に乗って飛び去り、この地に遺されたのは黄鶴楼だけだ。仙人と黄鶴はひとたび去ればまたと返らないが、この伝説を目撃した白雲は、千年経っても空しく悠々と浮かぶ。晴れわたった川の彼方から、目に映ってくるのは漢陽城の木立ちであり、緑に覆われ草花の香りを漂わせるのは、やはりかの鸚鵡洲だ。暮れゆく空を見上げた刹那、何故か胸に郷愁が満ちあふれた。ふるさとよ何処にあるのだろうか。夕靄が立ちのぼり、黙々と流れる長江は今、わたしの心に言いしれぬ愁いを注いでいる……

史料によれば、黄鶴楼は三国時代、呉の黄武《こうぶ》二（二二三）年に建てられ、敵情を見張る望楼として、武昌（湖北省武漢市）の蛇山《じゃざん》から長江を俯瞰する形で聳えていたという。が、民間では全く違う説話が古くから伝えられてきた。
費子安《ひしあん》という仙人が、川辺にあった辛氏《しんし》の酒屋に来て酒を求めた。大いに飲んではまた次の日に来るが、一度も勘定を払おうとしなかった。店主の辛氏も、ただ大杯で飲ませつづけるだけで一度

天高くそびえ立つ黄鶴楼

も勘定を払ってくれと言わない。それに少しも嫌な色を見せなかったのである。こうしているうちに数年が経った。ある日、子安は辛氏に言った。

「だいぶ世話になったのう。少しばかりは恩返しをさせてもらおう」

彼は蜜柑の皮で白い壁に鶴を描き、

「客に手拍子をさせ歌をうたわせれば、鶴は壁から下りて踊ってくれるだろう」

と言い遺して店を出た。辛氏がすかさず試してみると、果たして鶴が本当に踊ったのである。

それから、黄色い鶴が酒興を盛り上げる話は遠近に伝わり、新奇を追う者は舞う鶴を見るため先を競って辛氏の酒屋にやってくる。十数年後、酒屋は繁盛を極め巨万の富を成した。やがて子安が再び現れ、微笑みながら笛を吹き始める。その旋律は悠揚にして天に届くかのようだ。間もなく、一片の白雲が空から降り、黄鶴も壁から舞い出た。子安は鶴に跨り雲に乗じて悠然と飛び去る。その飛び立ったところに、辛氏は感謝をこめて黄鶴楼を建てた、という。

さて、崔顥の「黄鶴楼」はこの説話から詠み起こされている。仙人や舞う鶴は、もとより存在せぬものであった。それを知っていながら、「一たび去ってまた返らず」と言うのは、実は過ぎゆく歳月を暗示しているのだ。遺された黄鶴楼や悠々と千年もの間浮かんでいる白雲も、ただただ歳月の流れを無言に告げるだけ。

前半の四句に、「黄鶴」と「空」がそれぞれ二回も使われており、重複を忌避する律詩の約束事を大いに破っている。それでも単調さを感じさせないのは、やはり飛び去った黄鶴に、二度と戻らない歳月への愁嘆がひしひしとこめられているからであろう。そしてそれとは対照的に、楼閣や白雲の存在の空しさが強調されているからに違いない。

唐代の詩は、一般的には「聯《れん》」をもって最小単位と見なしている。「聯」とは、上、下二句のことを言う。律詩は八句からなるものであるが、その八句はまた、上下二句ずつの四つの聯に分けられ、それぞれ首《しゅ》、頷《がん》、頸《けい》、尾《び》という名を持つ。慣例によって、それらは起、承、転、結とも意味づけられている。

首、頷二聯では、崔顥は同じ言葉を繰り返し、歳月を嘆いて蒼茫たる雰囲気を作り出していた。

頸聯に至り、彼は「転」の規則を踏まえ、仙人、黄鶴に対する空想から眼前に広がる実景へと視線を変えた。無常なる歳月と不変の天地に囲まれる中、やがておのれの存在がいかに小さいかということにも気づかずにはいられない。空想と実景という強い対比を通して、崔顥は胸にあふれんばかりの無力感を訴えたのである。

それでも詩人はまだとどまろうとしない。彼は尾聯で再転し、おのれの視線を再び見えぬものへ投げた。暮れ方は、いつもさすらう者の帰心をそそる。黄鶴楼から夕靄の立ちこめた長江を眺めて、崔顥は心を遥か遠い故郷へと馳せた。空想から実景へ、実景からまた想念へ——その一転、再転の技法は詩人の内心に秘める郷愁を余すところなく表現し、深い余韻を醸し出しつつ作品を結んでいるのである。

崔顥は、河南開封の人であった。長安四（七〇四）年に生まれ、天宝十三（七五四）年に没している。開元十（七二二）年前後に進士に及第し、のちは司勲員外郎《しくんいんがいろう》までつとめた。司勲の位は、従六位の上であってそう高くもないが、中央の吏部《りぶ》という官署に属し、官吏の褒賞をつかさどる意味では要職であった。崔顥の生涯に関する史料は少ないため、われわれは彼の遍歴をつまびらかにすることができない。おおよそのこととして、少年時代の詩風がかなり軽薄で、年を取ってからようやく改心し、風骨凛然《ふうこつりんぜん》たるものを創り出したと言われている（唐・殷璠《いんぱん》編『河嶽英霊集《かがくえいれいしゅう》』による）。

また、遺された崔顥の詩作も数が少ない。しかし「黄鶴楼」は、あまたの唐詩の中でもぬきんで

て後人の絶賛を受けてきた。宋の詩論家――厳羽《げんう》（紀元一二〇〇年前後に在世）は、『滄浪詩話《そうろうしわ》』で、

「唐人の七言律詩は、崔顥の〈黄鶴楼〉を以て第一とすべきだ」

と語っている。

更に、元代の辛文房《しんぶんぼう》（紀元一三〇四年前後に在世）が著した『唐才子伝《とうさいしでん》』によれば、李白はかつて黄鶴楼を訪れ、壁に書き付けられた崔顥の詩を読んだ。さすがの李白もすっかり感心して、それに勝るものはできないだろうと嘆きながら立ち去ったという。小説家の作り話に過ぎないが、われわれはそれらの話を通して、「黄鶴楼」に漂う郷愁がいかに人々を感動させ、詩の歴史における重要な地位を占めてきたかを垣間見ることができるのではないだろうか。

漂泊の果てに輝く詩魂――七言律詩・「秋興《しゅうきょう》」（盛唐・杜甫）

唐の宝応《ほうおう》二年は、西暦の七六三年にあたる。足掛け九年間にも及んだ「安史の乱」は、ようやく終焉を迎えた。が、西の強国――吐蕃《とばん》は、長年の戦乱ですっかり弱まった唐を侵略する好機を決して見逃さない。同年（七月、「広徳」に改元）の秋に、吐蕃の大軍は奉天《ほうてん》（陝西《せんせい》省乾県）、武功《ぶこう》を相次ぎ襲ったのだが、ついには長安まで攻め落とし、都が空っぽになるほどまで略奪してからようようと帰ったのである。

吐蕃の侵入を防ぐため、朝廷は翌（七六四）年の二月、優れた軍略で聞こえた厳武《げんぶ》を、剣南東西《けんなんとうせい》川節度使《せんせつどし》として再び成都へ派遣した。この任命に応えるべく、厳武はすかさず軍を動かして吐蕃と

の戦争に備える。七月、彼が率いる唐軍は七万人の敵を潰走させ、当狗《とうこう》（四川省理番《りばん》県の東南）、塩《えん》川《せん》（甘粛省章県の西北）を奪還したのである。

ところで、この年に三十九歳になったばかりの厳武と、彼より十四歳も年長の杜甫との間にはかねてから親交があった。杜甫は、乾元《けんげん》二（七五九）年の十二月に戦乱を避けるため成都に来たのだが、以来、成都の浣花渓《かんかけい》のほとりに草堂を結び、家族とともに暮らしていた。この時期は、杜甫がおびただしい作品を詠み遺した数年間であり、「草堂時期」とさえ呼ばれている。

二人は成都で再会した。杜甫は厳武に祝賀の詩を送ったが、厳武も杜甫が工部員外郎《こうぶいんがいろう》の官職に就くよう朝廷に働きかけ、すべてが順調にみえた。しかし詩人肌の杜甫と、気性の激しい厳武との間は、必ずしも常に和気藹々というわけでもなかったようだ。唐の歴史書『新唐書』（宋・欧陽修《おうようしゅう》等編著）によれば、礼節に拘らない杜甫は、幾たびも厳武の意に背くような言動をとった故、危うく殺されそうになったことさえあった、というのである。

永泰《えいたい》元（七六五）年の四月に、厳武は急死した。これまでいざこざもあったが、身を寄せてきた杜甫にとっては、紛れもなく大きな打撃であった。寄る辺をなくした彼は、家族を連れて蜀を離れる。長江に沿って東下し、夔州《きしゅう》（四川省奉節《ほうせつ》県）のあたりでしばらく彷徨《さまよ》っていた。次に挙げる「秋興《しゅうきょう》」は、翌大暦《たいれき》元（七六六）年の秋に詠まれたものである。

秋興

玉露凋傷楓樹林
巫山巫峡氣蕭森
江間波浪兼天湧
塞上風雲接地陰
叢菊兩開他日涙
孤舟一繫故園心
寒衣處處催刀尺
白帝城高急暮砧

玉露　凋傷《ちょうしょう》す　楓樹《ふうじゅ》の林
巫山《ふざん》　巫峡《ふきょう》　気　蕭森《しょうしん》たり
江間《こうかん》の波浪は　天に兼《つら》なりて湧《わ》き
塞上《さいじょう》の風雲は　地に接して陰《くも》る
叢菊《そうきく》　両《ふたた》び開く　他日の涙
孤舟《こしゅう》　一《ひと》えに繋《つな》ぐ　故園《こえん》の心
寒衣　処処　刀尺《とうしゃく》を催《うなが》し
白帝《はくてい》　城高《しろたか》くして　暮砧《ぼちん》急なり

（大意）冷たい露にうたれて楓の林が萎れ傷み、巫山巫峡のあたりは秋の蕭々たる景色を呈している。長江の底から湧き起こる波は天に連なり、風が両岸の絶壁を吹き荒れ雲は地面すれすれまで暗く、重く垂れこめている。

ああ、成都を離れてから菊の季節を二度も迎えたが、過ぎ去りし日々が心頭に浮かんできて思わず涙が流れる。漂泊の身を孤舟一隻に託し、貧困と老いの悲しみを忍んで明日へ繋ぐのはただひたすら帰郷の悲願のみ。襤褸を体にまとうだけで、果たして深秋の寒さに耐えきれるのだろうか。北岸の崖にそびえ立つ白帝城を見上げつつ、暮れゆく中で忙しげに響く砧《きぬた》を打つ音は今、深い郷愁と化して無情にわたしの胸を締めつけているようだ。

秋興は連作であり、併せて八首詠み遺されている。各々独立した作品でありながら、詩想の上ではそれぞれつながりを持っている。ここに挙げたのは、八首の中の第一首であるが、序曲としての役割を果たし、全作のモチーフ、及びその展開と終結を呈示した重要な一章である。

冒頭の「玉露」とは、秋の冷たい露を言うが、第二句の「蕭森」は暗くてさびれたさまである。晋の詩人――張景陽《ちょうけいよう》の、

「渓壑《けいがく》　人跡《じんせき》無く、荒楚《こうそ》　鬱《うつ》として蕭森たる」（雑詩・其の九）

という表現を踏まえたのだろう。この二句は「秋興」という題に応じて、巫山あたりの秋景色を描いているのだが、術語で言えば「破題《はだい》」であり、すなわち題を明らかにする技法である。

さて律詩は、その名の通り、厳しい規律のうえに成り立つものである。ここで、「秋興」をテキストに、律詩の守らなければならない規律の一つ――「対句《ついく》」について、少し語りたいと思う。

「対句」は、「対仗《ついじょう》」とも呼ばれる修辞法である。「対仗」とは、言葉の種類、機能、性質などを相対させ、二つの句の形を整える技法を言う。前節の「黄鶴楼」ですでに触れたが、律詩は八句からなるものであり、その八句はまた上下二句ずつの四つの聯《れん》に分けられ、それぞれ首《しゅ》、頷《がん》、頸《けい》、尾《び》という名を持つ。字数の少ない律詩を、より味わい深く、均整のよいものにするには、特に頷聯と頸聯（第三、四、五、六句）を「対仗」にしなければならないと、古くから規定されていた。「秋興」の頷聯を見れば、

「江間《こうかん》」に「塞上《さいじょう》」――

「波浪」に「風雲」――

「天に兼《つらな》りて湧き」に「地に接して陰《くも》る」――

などは、いずれも修辞、意義、および音韻において相対する形を取っている。また頸聯を見ても同じだ。

「叢菊《そうきく》」に「孤舟《こしゅう》」――

「両《ふた》び開く」に「一《ひと》えに繋ぐ」――

「他日の涙」に「故園《こえん》の心」――

など、一字たりとも「対仗」の規則から逸するものはない。特に「江間」の「間」や「塞上」の「上」が方角を示す語として用いられ、「叢菊」の「叢」と「孤舟」の「孤」が量を表す言葉として、それぞれ巧みに使われているところから、一文字といえども必ず精魂をこめてつづる、という詩人のひたむきな追求をうかがうことができる。


最終の一聯は、暮れゆく中で響きわたる砧の音で締めくくっているが、古人は、秋になると冬の服を砧でたたいて洗い、来るべき寒さに備えていた。したがって、砧の音は常に暖かい家の象徴であり、さすらう者の郷愁を呼び覚ます。杜甫も砧の音をききながら、限りない郷愁に包まれ、そして晩年の貧困、病苦、孤独に打ちひしがれている。大暦元年、杜甫はすでに五十五歳になっていた。

淡々たる表現にこめられた家族と故郷への愛――七言絶句・「秋思《しゅうし》」（中唐・張籍《ちょうせき》）

郷愁は、中国古典文学における重要なテーマの一つであり、また往々にして秋という季節と深くかかわっている。

唐の初期に編纂された晋《しん》の歴史書『晋書』（房玄齢《ぼうげんれい》・褚遂良《ちょすいりょう》等）に、張翰《ちょうかん》にまつわる逸話が記されている。

紀元三世紀の末、洛陽で仕官していた名士――張翰は、街を吹きぬける秋風を見て、ふと故郷の蓴《じゅん》羹鱸膾《こうろかい》を思い浮かべた。蓴羹鱸膾とは、呉江（江蘇省呉淞《ごしょう》）の名物料理であった蓴菜《じゅんさい》の吸い物と鱸魚《ろぎょ》のなますである。望郷の念に耐えかねて、彼はとうとう官職を抛ってふるさとの呉江《ごこう》へ帰ったという。現代版に直してみると、つまり栄転のため上京したサラリーマンが、お袋の手料理を食べるため仕事までやめて田舎へ帰ってしまったということになる。これでは、あまりにもわがままではないか。

文才をもって名を鳴らした張翰は、実は晋の斉王《せいおう》――司馬冏《しばけい》に召し出されていた。すべての権力を手中に収めた司馬冏であるが、多くの民家を壊して宮殿を建造し、宴楽に耽って政治を顧みようとさえしなかった。国はすでに敗亡の色を呈していたのである。張翰が急遽、官職を棄て帰郷したのは、やがて滅びゆくその勢いをとめるすべもなく、せめておのれの身を全うしようとしたからだ。蓴羹鱸膾はふるさとの郷土料理でありながら、張翰から見れば、それは汚れた官界と対極を成すものであり、自由に生きることの象徴であった。

「人生は志を適えることこそ貴い。名声や爵位に縛られて数千里も離れた異郷にこれ以上はもういられない」

と言い遺して、彼は帰途に就く。その言葉には、腐敗政治を拒絶する高潔な心が光っていたのである。

わびしい秋風、瀟々たる秋雨、舞い散る秋葉、満ちては欠ける秋月、寒々とした水面に響きわたる秋の砧――それら季節の風物は、特定の時点においては容赦なく人々の郷愁をそそる。それと同様に、張翰の行動も多くの漂泊者にとって、官界の争いを厭い、閑静なふるさと暮らしをひたすら求めることの精神的な裏付けであった。そのため、張翰の名は故実となっていろいろな文学作品に引用されてきたのである。

前置きがやや長くなったようだが、中唐の詩人であった張籍の一首を読んでみよう。

秋思

洛陽城裏見秋風
欲作家書意萬重
復恐匆匆説不盡
行人臨發又開封

秋思《しゅうし》

洛陽《らくよう》城裏《じょうり》　秋風を見る
家書《かしょ》を作らんと欲して意万重《ばんちょう》
復《ま》た恐る　匆匆《そうそう》として　説き尽くさざらんことを
行人《こうじん》　発するに臨んで　又た封《ふう》を開く

（大意）秋風がたち、枯葉は洛陽の町をわびしい色に染めた。ふるさとに手紙を書こうとするが、満ち溢れる望郷の念は如何に伝えればよいのか。
あわただしく書いたため、何か言い漏らしてはいないかと気になる。ことづてを頼んだ旅人が発つ間際に、もう一度封をあけて読みなおした。

張籍は、大暦元（七六六）年前後に生まれ、太和四（八三〇）年に没している。出身地はは呉郡であったが、のちに和州烏江《わしゅううこう》（安徽省和県烏江鎮）に移住した。貞元十三（七九七）年、張籍は詩人孟郊《もうこう》を介して、自分よりやや年下の韓愈《かんゆ》と知りあい、その推薦により永い仕官生涯を始めた。ところで張籍と初めて会った時、韓愈はすでに高位にいたのだが、何の肩書きもない張籍の文才を愛して旧知のように接した。たとえ性格が剛直な張籍の言動に時々激するものがあったとしても、韓愈は意に介せずいつも広い心で彼を受け入れていた。

長慶四（八二四）年、韓愈は五十七歳で逝去した。大切な友人を失った悲しみをかみしめつつ、張籍は「退之《たいし》（韓愈の字）を祭る」という長詩を創った。韓愈の人となりと政界における実績を克明に記すと同時に、自分に対する微細に至る恩顧と篤い友情を讃えたのである。わたくしは史料に記されたこの一節に触れる度に心をうたれ、古人の交友における真摯な態度にひたすら羨望を抱いた。

その後、張籍は詩文を以て、白居易、王建《おうけん》、賈島《かとう》など多くの名士と交遊し、故郷を離れ厳しい官途を歩む同志として深い友情を結んだ。同時代の詩人たちの詩集に張籍との贈答が多く見られるが、求道者として敬慕しあう真情や、甘苦をともにする志が行間から滲み出ている。

さて、秋の洛陽で郷愁に陥った張籍は、「秋風起こるを見、乃ち呉を思う……」（『晋書』の「張翰伝」）という張翰の故事を思い出さずにはいられなかった。題の「秋思」と起句はまさしくその気持ちを語っているようだ。先人の事跡や言動を自分の作品に詠み込むことは、漢詩においては大事な技法であり、「用事《ようじ》（事を用いる）」と呼ばれている。故実を用いることによって、短い詩が言外の空間を拡げ、より深い味わいを持ち得ると考えられていたからである。

しかし、張籍は文学的に先人の事跡を踏襲しながらも、行動では家書を寄せることに思いとどまった。張翰に習い官職を抛って帰郷しなかったのは、韓愈から受けた知遇の恩に報い、政治にたずさわる同志の期待に応えるためであったに違いない。その複雑な心境は、承句の「意万重」という一言で表されている。

作品の後半は、一気呵成の勢いで詠まれた。万重の意を伝えようとしてこそ、時間の匆々と過ぎゆくことを感じ、思念の説き尽くせないことを恐れた。もしかして、何か大事なことを言い忘れてはいまいかと気になって再び手紙をあけてみた、というのである。いかにも日常生活がありのままに描かれているようだが、しかしその淡々とした表現にこそ、家族への愛と故郷への思念が深くこめられているのだ。

中唐に至り、唐詩の風格はいわゆる雄壮な写意から平明な写実へと傾きつつあった。張籍はまさにその新しい詩風を代表する一人であったのである。

III　満ちあふれる思い

雁よ、どうして彼女のたよりは何一つもないのだろうか――

七言絶句・「南のかた夜郎《やろう》へ流されて内《つま》に寄《よ》す」（盛唐・李白）

乾元《けんげん》二（七五九）年の春、李白は夜郎《やろう》（貴州省 遵義《じゅんぎ》）へ流される途中、次の作品を詠んだ。

南流夜郎寄内　　南のかた夜郎へ流されて内に寄す

夜郎天外怨離居　　夜郎の天外　離居《りきょ》を怨み
明月樓中音信疎　　明月の楼中　音信　疎《そ》なり
北雁春歸看欲盡　　北雁　春に帰って　看《みすみす》尽きんと欲す
南來不得豫章書　　南に来たりて得ず　豫章《よしょう》の書

（大意）天の果てなる夜郎へ向かいつつ、君と離ればなれになることを怨めしく思う。明月に照らされる高殿から、君のたよりはいよいよ途絶えた。北へ帰りゆく雁の姿は、間もなく消えて見えなくなるだろうに、南へ流されてきたわたしに、豫章からの手紙はとどかない。

李白は、蜀《しょく》の昌隆《しょうりゅう》（四川省江油《こうゆ》県）に生まれている。時は長安元（七〇一）年であり、運命に翻弄されたその一族が必死の思いで西域へ亡命しようとする前夜であった。

李白の生い立ちや波乱に満ちた生涯に関しては、拙著『物語・唐の反骨三詩人』（集英社新書）で詳しく述べたので、ここでは言葉を費やすのを避けたい。

至徳《しとく》二（七五七）年の春、李白は皇室の内紛に巻き込まれて死罪を宣告された。妻の宗氏《そうし》の嘆願や、友人たちの助けによって死罪こそ免れたのだが、それでも同年の末に、朝廷から非情な裁きが下されたのである。

「叛乱に加わった李白を流刑に処す。ただちに夜郎へ発つべし」

流刑に発つ前、李白は豫章《よしょう》（江西省南昌《なんしょう》市）にいる宗氏と束の間の時をともに過ごしたが、二人の間には語り尽くせないものがあった。やがて別れの時が来る。宗氏の目からあふれ出る悲しみを見て、李白は僻地への流浪が心配だろうと思って逆に慰めたりもした。

しかしなぜか、夜郎へ旅立って間もなく、宗氏からのたよりがぱったりと途絶えた。「南のかた夜郎へ流されて内《つま》に寄す」は、李白の心に日一日とつのる不安を表している。

起句は、妻との別れを「怨めしく」思うことになっているが、その表現の裏には、朝廷の非情な裁きに対する怨恨も託されている。承句の「明月楼」は、魏の曹植《そうしょく》の「七哀《しちあい》の詩」に見られる。

「明月　高楼を照らし、流光《りゅうこう》　正に徘徊す。上に愁思《しゅうし》の婦《おんな》ありて、悲嘆して余哀《よあい》あり……」

いつ帰るかもわからない夫を待ちつづける女性、その悲しみを描いたくだりである。李白はそれを踏まえ、夫と離れ住む寂しい女の居所の喩えとしてこの語を用いている。また、「明月楼中」と「夜郎天外」とは対照的な表現として、夔州《きしゅう》（四川省奉節《ほうせつ》県）のあたりにさしかかった李白と、豫章にいる宗氏との距離を強調したのである。

見上げれば、北へ帰りゆく雁の姿はいよいよ天の果てに消えてゆく。雁は、遠く離れた人間に書信をとどけるものだと、古人は言っていたのに、どうして彼女のたよりは何一つもないのだろうか。もしかして、宗氏の身に何かが起きたのではないか。作品の後半は、李白の心に掠めた深い不安と激しい痛みをあらわにしている。果たして、いかなる運命が二人を待ち受けていたのであろうか。

解放された心のうた——七言絶句・「早《つと》に白帝城《はくていじょう》を発《はっ》す」（盛唐・李白）

孤独の中、李白は流刑の旅をつづけた。江西から湖北へ、やがては四川に入る。乾元二（七五九）年の暮春、李白は長江三峡を上りきって白帝城《はくていじょう》にたどりついた。白帝城は、呉との戦いで敗れ、死に瀕していた劉備《りゅうび》が国事を諸葛孔明《しょかつこうめい》に託したことで知られる。李白はそこで、思いがけず赦免に遇ったのである。

その年の初め頃、戦乱の世にさらに旱魃が起きた。その厄を払うため、朝廷は三月に、「死刑囚を流刑にし、流刑以下を赦免」という大赦令を頒布した。李白が流浪を始めて十五か月経ったころである。「早《つと》に白帝城を発す」は、その時に詠まれた。

早發白帝城

朝辭白帝彩雲間
千里江陵一日還
兩岸猿聲啼不住
輕舟已過萬重山

早に白帝城を発す

朝《あした》に辞す　白帝　彩雲《さいうん》の間
千里の江陵《こうりょう》　一日にして還《かえ》る
両岸の猿声《えんせい》　啼《な》いて住《とど》まらず
軽舟《けいしゅう》　已《すで》に過ぐ　万重《ばんちょう》の山

（大意）早朝、彩雲《あやぐも》のたなびく白帝城に別れを告げ、千里を隔てた江陵までわずか一日で還りゆく。両岸に啼く猿の声がまだ耳から離れぬまに、軽やかな舟はもう、無数に重なる山峡《やまかい》を一気に通り抜けたのだ。

北魏の酈道元《れきどうげん》（?〜五二七）の著『水経注《すいけいちゅう》』は、古代中国の河川水道を細心に考察した上に書かれた地理書である。その「江水《こうすい》」という巻に、次のような記述があった。

「朝《あした》に白帝を発して暮れに江陵に到る。其の間、千二百里。奔《はやて》に乗り風を御すると雖も、以て疾《はや》しとせざるなり。林は寒くして澗《たにがわ》は粛《しゅく》なり。常に高猿《こうえん》の長嘯《ちょうしょう》あり……空谷《くうこく》に伝響《でんきょう》して、哀転《あいてん》久しくして絶《た》ゆ」

口語に訳すと、

「早朝から白帝を発ち、夕暮れにはもう江陵につく。その間の距離は、六百キロ以上もあるので、たとえ疾風に乗ったとしても、これ以上に速くつくことはなかろう。森は寒々として谷川の流れが激しい。時々猿の高い啼き声が聞こえるが、それが空谷に響いては木霊を起こす。更に哀しく響きつたわり、しばらくしてから消えてゆく」

ということになる。

ところで、李白は「用事」の技法（三八頁）を駆使して、この名文を「早に白帝城を発す」の全作に読みこんでいる。作品の前半は、

「朝《あした》に白帝を発して暮れに江陵に到る。其の間、千二百里。奔《はやて》に乗り風を御すると雖も、以て疾《はや》しとせざるなり」

というくだりをそのまま用いながら、李白の妙筆によってリズムに富んだ詩的な表現に変身している。「彩雲」は、赦免に遇った後の晴れた心情を描き出し、「一日にして還る」は、三峡を遡った

白帝城付近の長江（左手前の小山の頂上にあるのが白帝城）

艱難との強い対比を暗示しつつ、その時の不安と孤独を一気に吹き飛ばす勢いを持っている。ちなみに、『水経注』の「千二百里」が「千里」になっているのは、字数を七言詩に合わせるためである。後半は、

「常に高猿《こうえん》の長嘯《ちょうしょう》あり……空谷《くうこく》に伝《でん》響《きょう》して、哀転《あいてん》久しくして絶ゆ」

という一文を踏襲したにもかかわらず、猿の啼き声から哀しい響きはすでに消えていた。かわりに「軽舟」という表現によって、詩人の解放された心が生き生きと伝えられているのである。

また、この作品は「用事」という技法をフルに使っているものの、わずらわしさを少しも感じさせていない。技法というものは、さりげなく用いられれば用い

られるほど味わいが深いのだ。

更に、ここに使われた「間――jiān」、「還――huán」、「山――shān」（「上平十五刪」の韻）という三つの韻字も、悠揚かつ明るい響きをもって作品の快さを増していると思う。そして、何よりも読む人の心をとらえているのは、二十八文字からなるこの絶句から、永い苦難に鍛えられた詩人の闊達な精神がほとばしり出ていることである。それは、この絶句が今でも愛唱されている最大の理由ではないだろうか。

「白髪三千丈」とは――五言絶句・「秋浦《しゅうほ》の歌」（盛唐・李白）

さて、上元元《じょうげん》（七六〇）年の初春、李白は豫章へ戻ったが、愛する妻の宗氏はいなかった。流浪の旅路で李白の心を掠めたあの暗い予感は、ついに耐え難い現実になってしまったのだ。

三年前、死刑を言い渡された李白を救うため、宗氏は知る限りの要人に助けを求めた。同時に、道教を篤信する彼女は、

「良人《おっと》の命を助けて下されば、わたしは道観《どうかん》に身を捧げ、女道士《じょどうし》になります」

という、切なる大願を神の世界にかけた。道教の「観」は、仏教の「寺」に等しく、道観の「女道士」も仏寺の「尼僧」と同じようなものだ。つまり、宗氏は李白のために俗世との縁をすべて絶ちきったのである。

豫章で別れた時、彼女が自分の決意を李白に告げなかったのは、遠くへ流される彼の心をいっそ

う傷つけることを懸念したからである。何時か、遠い未来には必ず再会があろう。だが再び李白と団欒《だんらん》すれば、自分の信念がきっと砕かれ、神への大願が毀されてしまうのではないかと、彼女は恐れていた。

眠れぬ夜に、彼女は幾たびも、どうすべきかと自分の心に問いかけてみた。しかし神に大願をかけた今は、もはや選択などはない。愛する人から離れ、現世から離れた静寂な世界に、自分はこれから身を託していくのだ――この誰にも告げられない悲しみを胸に秘めて、彼女は夜郎へ向かう李白と最後の時を過ごしたのである。

豫章に戻った李白は、「寄遠《きえん》」という作品でこう詠んでいる。

「美人在りし時は、花満堂《まんどう》なり。美人去りし後は、空牀《くうしょう》を余すのみ。牀中《しょうちゅう》の繡被《しゅうひ》は巻いて寝《つか》わず、今に至って三載《さんさい》、なお余香を聞《か》ぐ……」

口語に訳すと、以下のようになる。

「美しい君がいた時、この家は花に満ちたよう、美しい君が去った今、残された寝床はわびしい。刺繡の綺麗な布団は巻いたまま、誰も使っていないのに、三年経った今もなお君の香りを漂わせている……」

「寄遠」は、遠くへおくる、という意味であり、俗世との縁をすべて絶ちきった人ほど遠いものはない。「三載」とは、至徳二（七五七）年の末に別れて、上元元（七六〇）年の春に豫章へ戻った、という三年間を指している。豫章の家で、李白の目に映るすべてが宗氏を思い出させずにはおかなかった。彼の胸は、愛する妻を失った悲しみでいっぱいだ。

李白の思念はそれからもやまなかった。空牀を守り、豫章で希望無き中、年末まで待ちつづけたが、翌年の春、彼はまた池州《ちしゅう》（安徽省の貴池《きち》県）を目指して旅に出た。再び秋浦湖《しゅうほこ》を訪れた李白は、傷心の果てに「秋浦の歌・其の十五」を詠んだ。

秋浦歌　　　秋浦の歌

白髪三千丈　　白髪　三千丈
縁愁似箇長　　愁《うれ》いに縁《よ》りて　箇《かく》の似《ごと》く長し
不知明鏡裏　　知らず　明鏡《めいきょう》の裏《うち》
何処得秋霜　　何《いず》れの処にか秋霜《しゅうそう》を得たる

（大意）限りない寂しさを抱えて、わたしの白髪は三千丈ものびてきた。秋浦湖は鏡に似てきれいで静かだ。だが映し出されたわたしの頭へ、果たして何処から、とめどない秋の霜がふってきたのだろうか。

「秋浦の歌・其の十五」は、李白の作品の中でも、とりわけ「大袈裟」や「おおぼらを吹いた」と評されたりしている。果たしてそうであったのか。確かに、文字通りに読みとろうとすれば、「白髪がそこまでのびるはずがない」と思ってしまうかもしれない。だが起句の「三千丈」は「白髪」を言っているようだが、実は承句の「愁い」を引き出し、その果ても知れぬことを形容しているのだ。李白の愁いは、若い時から抱えてきた大志がことごとく破れたことにある。大志を遂げるどころか、政治とかかわりを持っただけで、皇室の内紛に巻き込まれ危うく殺されてしまいそうになった。妻や友人の尽力が無ければ、自分はとうに刑死していたはずだ。ようやく赦免され還ってきたというのに、宗氏はもういない。後半の「知らず」と「何処」とが重なったところに強い疑問がこめられているが、しかし答えはすでに「愁い」と出されていた。答えを出した上のこの問いかけから、わたくしは不幸な運命に対する詩人の怒りを見出さずにいられない。六十を超えた李白の目の前、今やすべての希望が消えていた。「明鏡」のような秋浦湖に映る白髪を霜に見立てて、詩人は「三千丈」という表現に、おのれの尽きない悲哀を託したのであった。

宗氏を失った衝撃で、李白の身体は急速に衰えた。上元二（七六一）年の暮れ、李白は安徽の当塗《とうと》へ向かい、知事を務めている叔父の李陽冰《りようひょう》に身を託した。宝応《ほうおう》元（七六二）年の末に「臨終の歌」を遺して、偉大な詩人李白は六十二歳で世を去ったのである。

広漠な原野に響く明日知れぬ兵士の歌――北朝楽府《がふ》・「勅勒《ちょくろく》の歌《うた》」

勅勒は、古代中国の北方民族の名であった。その祖先は匈奴《きょうど》と言われるが、北朝時代に至り、朔《さく》州《しゅう》（山西省の北部）や内蒙古の南部に横たわる陰山《いんざん》の周辺で生息していた。「勅勒の歌」は、蒙古高原の壮麗な風景を謳歌した民謡である。

勅勒歌　　勅勒の歌

勅勒川　　勅勒の川
陰山下　　陰山の下《もと》
天似穹廬　　天は穹廬《きゅうろ》に似て
籠蓋四野　　四野《しや》を籠蓋《ろうがい》す
天蒼蒼　　天は蒼蒼《そうそう》
野茫茫　　野は茫茫《ぼうぼう》
風吹草低見牛羊　　風吹き草低《た》れて牛羊《ぎゅうよう》見《あらわ》る

（大意）勅勒族が暮らす平原は、陰山の麓。空は天幕のように、四方の野原に覆いかぶさっている。ああ、天は青く澄みわたり、曠野は涯《はて》も知れない。風に吹かれて高々と生え茂った草は

モンゴルの草原と牛の群れ

さっとなびく。その瞬間、無数の牛や羊が姿を現したのだ。

冒頭の「川」は、平原の意であるが、勅勒の川とは、勅勒族が生息する地域を言う。第二句の「陰山」は、「大青山《だいせいざん》」とも呼ばれ、西は河套《かとう》（内蒙古の南部、大きく迂回する黄河に囲まれる地域）から起こり、東は内興安嶺《うちきょうあんれい》に接するまで、数千里の起伏を見せている。作品の最初の二句は、たった六文字をもって、勅勒族が住む原野を雄大なスケールで描き出している。

第三句の「穹廬」は、われわれが今日に言う「包《パオ》」のことであり、つまり遊牧民の家なのだ。「天」を家に例えたところは、「水草を逐って棲む」という遊牧生活の様子を示すと同時に、広い野原に生きる勅勒の荒々しく豪放な民族精神を表している。

第五、第六の二句は、同じく混沌蒼茫の景観を描いているが、しかし「風吹き草低《た》れて牛羊見《あらわ》る」によって、われわれの眼前に開かれた画面はにわかに息づいた。「風」、「草」、「牛羊」といった草原の風物は、「吹（ふく）」、「低（たれる）」、「見（あらわる）」など三つの動詞につながれるにしたがって、一瞬に動き出したようだ。まさしく画龍点睛の一筆であった。

ところで、この節の題にあった「楽府《がふ》」のことについて少々語りたいと思う。

紀元前一九三年、漢の二代目皇帝――恵帝《けいてい》は、夏侯寛《かこうかん》という文人に楽府令《がふれい》の称号を与え、周や秦の代に流行った楽曲の採集を命じた。夏侯寛はのち、もっぱら貴族音楽に没頭したので、社会的には大きな影響を及ぼすに至らなかったらしい。が、音楽を司る官庁――楽府がその時から発足したことは、間違いのない事実であった。

漢武帝の代になり、名高い楽人であった李延年《りえんねん》は、楽府を担う官職に抜擢された。武帝の支持を得た彼は、各地の民謡に手を伸ばし、黄河、長江の両大流域で愛唱された歌曲の収集に力を注いだ。史書によれば、その時期の楽府の組織が厖大を極め、職員の数はなんと八百二十九名に及んだという。この数字は、武帝の歌曲に対する愛好を示す反面、計略に長けた彼の政治的意図をもちらつかせている。――古の賢君たちは民間の詩歌を通して民の悲喜を知り、それに応じて政治運営の改善をはかっていた。武帝が大掛かりに楽府を再起動させたのは、先賢同様の善政が今、自分の手によって実行されているのを天下に衒《てら》うためであったのだ。

その時期に収集された歌曲はのち、楽府と呼ばれたのだが、時代が流れるにつれ、楽府のように旋律に載せてうたうものも楽府と見なされ、更に古代楽府の題を踏まえて創られた詩歌もみな、楽府と呼ばれるようになった。「勅勒の歌」は、まさしく旋律に載せてうたう北方の民謡として、『楽府詩集』（宋・郭茂倩《かくもせん》編）に収められたのである。しかし残念なことに、その旋律は多くの楽府歌曲と同様に、長い時の流れに埋もれてすっかり忘れ去られてしまった。遺された詩は、それもまた多くの楽府と同様に、輝かしい内容をもって伝えられ今もなお愛唱されている。実に不幸中の幸と言わねばならない。

さて、「勅勒の歌」の作者が、北斉の武将――斛律金《こくりつきん》であったという説もある。その確証はないものの、敕勒族の血をひいた斛律金が、この歌の伝承者であったことは史料に明記されている。

紀元五世紀の中葉、鮮卑《せんぴ》族が建てた国家――北魏《ほくぎ》は、熾烈な戦を経て北方の統一を果たし、いよいよ長江流域で栄えた漢民族の国――劉宋《りゅうそう》に攻め入ろうとした。四五〇年、北魏の太武帝《たいぶてい》は自ら十万を上まわる大軍を率いて南下を始める。南北大戦の幕はついに切って落とされたのである。

当時、南朝の劉宋は、文帝《ぶんてい》の統治下にあって隆盛を極めていた。血みどろな戦いの末、双方とも計り知れない損害を蒙りながら、どちらも相手を滅亡に追い込むことができなかった。それまで向かうところに敵なしの太武帝は、やむをえず都に戻るが、軍勢の大半を亡くしたことで、国内の各階層から恨みを買い、とうとう宦官に謀殺されてしまった。その死をきっかけに、頂点に達した北魏の国力が徐々に衰えを見せ始めたのは、実に「盛者必衰」のことわりを表したものと言えよう。

それからの北魏は、孝文帝という賢君の治世があったにもかかわらず、長い内乱に陥り、とうとう東西二つの国――東魏《とうぎ》、西魏《せいぎ》に分裂するに至った。

　時は流れてやまない。東魏の武定四年は、西暦の五四六年にあたる。その秋、東魏の実力者――高歓《こうかん》は、魏を再び統一しようとして西の玉壁城《ぎょくへきじょう》を攻めた。が、戦況はいっこう思い通りに行かない。攻めあぐねているうち、七万の兵士が倒れ、高歓自身も病に罹った。一方、玉壁城に籠もる西魏の軍は、高歓が流れ矢に刺され死にかけているというデマを流し、東魏の士気をいっそう低下させようと企んだ。病中の高歓は激憤し、麾下の武将たちを集めて斛律金に「勅勒の歌」をうたわせた。北朝の歴史書『北史《ほくし》』（唐・李延寿《りえんじゅ》）の巻六「斉本紀」によれば、斛律金の歌に自ら和した高歓は、

「哀感《あいかん》して流涕《りゅうてい》す」

という。ついに玉壁城を落とせなかったこの戦は敗北も同然だ。高歓はその屈辱を味わいつつ、陰山あたりの蒼茫たる景色を思い描いて心が砕かれたのであろう。これが、「勅勒の歌」を記した最古の史料である。

　一方、斛律金の事跡は、同じ史書の巻五十四につぶさに記されている。彼は朔州《さくしゅう》の勅勒族の人であり、字を阿六敦《あんろくとん》という。高歓に随従して玉壁城を攻めた時、すでに五十九歳になっていた。文字を読めぬ彼は、しかし「砂塵を見て敵軍の数を知り、地面を嗅いで敵軍の距離を知る」ほど、歴戦の勇士であった。高歓の息子――高洋《こうよう》が東魏の政権を乗っ取り、北斉を建国した後、斛律金は宰

相までつとめ、八十歳の天寿を全うしたと言われている。

また、斛律金がうたった「勅勒の歌」は、勅勒の言葉と旋律のままであったに違いないが、今の漢文でつづられたこの歌は、後世の文人によって訳されたものである。

上述したように、「勅勒の歌」は、北方民族が生きる広漠な原野を主題にしたものであり、言ってみればふるさとに捧げた賛歌なのだ。しかし、激戦の真っ直中でうたわれたその旋律にはきっと、明日知れぬ兵士の悲壮感も交じっていたのではないだろうか。

鬼の世界を描きながら、人間の世の不条理を暗喩――楽府題《がふだい》・「蘇小《そしょう》小《しょう》の墓」（中唐・李賀《りが》）

西湖の西北端に、西泠橋《せいれいきょう》が横たわっており、近くに蘇小小の墓がある。

蘇小小は南斉《なんせい》（五世紀後半）の名妓《めいぎ》であった。才色兼備の彼女は、若い才子阮郁《げんいく》と恋に落ち、互いに終生の伴侶となるよう誓いあった。しかし阮郁が高官の御曹司、蘇小小は芸妓、二人の婚姻は世間に許してもらえるはずもなかった。夢が砕かれた彼女は、恋人から無理矢理に引き離された後、重病に罹り二十歳になったばかりで世を去ったのである。まわりの人々はその文才と美貌を惜しみ、更に彼女の一途な恋を称え、山水麗しい西泠橋の畔に墓を造った。言い伝えによれば、蘇小小が死んでからもその魂が消えず、

「風雨の夕べ、その墓の周囲は常に歌や笛の音が聞こえていた」

という。

南朝時代に編纂された詩集『玉台新詠《ぎょくだいしんえい》』(陳・徐陵《じょりょう》)に、蘇小小の自作ともされる楽府「蘇小小の歌」が収められている。

蘇小小歌　　蘇小小の歌

妾乗油壁車　　妾《われ》は油壁《ゆうへき》の車に乗り
郎騎青驄馬　　郎《ろう》は青驄《せいそう》の馬に騎《の》る
何処結同心　　何《いず》れの処にか同心を結ばん
西陵松柏下　　西陵《せいりょう》の松柏《しょうはく》の下《もと》に

(大意) わたくしは油壁の車に乗り、あなたは青白く光る駿馬に跨る。どこで愛のちぎりを結びましょう――西陵に佇む松柏の下ですよ。

「油壁の車」とは、当時の女性の乗用車――油で塗布された幌馬車を言い、「青驄の馬」は青と白の毛の混じった馬である。「同心を結ぶ」とは、愛の誓いの印として、花や草を輪に結んで恋人に贈ることを言い、「西陵」は西泠の別称であった。また、愛を結ぶ場所を「松柏の下」に指定したのは、常緑の松柏をもって自分の変わらぬ愛情に喩えるためであった。この歌は、蘇小小の自作であったかどうかは判断しかねるが、飾り気のない民謡風の歌であり、若い男女が魅せあい、愛しあうことがありのままにうたわれている。

さて、李賀は、世間のしきたりに粉砕された蘇小小の夢やその歌に心をうたれ、楽府の題を踏まえて「蘇小小の墓」を創った。

蘇小小墓　　蘇小小の墓

幽蘭露　　幽蘭《ゆうらん》の露
如啼眼　　啼《な》ける眼の如《ごと》し
無物結同心　　同心を結ぶ物無く
煙花不堪剪　　煙花《えんか》は剪《き》るに堪《た》えず
草如茵　　草は茵《しとね》の如く
松如蓋　　松は蓋《からかさ》の如く
風爲裳　　風は裳《ころも》と為し
水爲珮　　水は珮《はい》と為す
油壁車　　油壁《ゆうへき》の車

夕相待　夕べごとに相待《あいま》つ
冷翠燭　冷ややかなる翠《みどり》の燭《ともしび》
勞光彩　光彩を労《わずら》わす
西陵下　西陵《せいりょう》の下《もと》
風吹雨　風は雨を吹く

（大意）蘭の花びらにたたえた露は、哀しみあふれる君の眼に似ている。愛を結ぶ花は、煙となって剪り摘みようがないから。昔、君のお出ましは、錦に飾られた茵《しとね》（車中の敷物）、従者が後ろからさしかける唐傘《からかさ》、美しい衣裳、華麗な珮玉《はいぎょく》で彩られていた。しかし今、かわりに君の伴になっているのは草、松、風、そして小河のせせらぎばかりだ。

もしかして、油壁の車は毎晩、恋人のもとへ行く君を待ちつづけているのではないか。だが逢い引きのためにともされた蠟燭は、今は冷たく緑に光る鬼火となっていたずらに燃えている。愛が結ばれた西陵橋のたもと、風は今宵も雨を吹きつけてやまない。

冒頭の二句は、露を湛えた蘭を涙あふれる眼に喩え、哀傷を帯びた蘇小小の美貌を写している。「幽蘭」という言葉は、もともと屈原《くつげん》の『離騒《りそう》』から出ていたと思うが、ここでは「幽」が題の「墓」に絡み、暗くてひんやりとした墓地の空気を作り出している。

第三句は、「蘇小小の歌」の後半を踏まえてはいるものの、その軽快で愛嬌を帯びた自問自答を真ん中から切断し、「結ぶ物無く」ときっぱり否定した。理由は、次の「煙花は剪るに堪えず」という句にある。「煙花」とは、ここでは黄泉の国へ行った美しい蘇小小を指すが、煙となった今はもう愛を結ぶことができないからだという。

第五句から最後まで、すべての句が三文字でつづられ、緊迫したリズムは更に異様な雰囲気を醸し出している。草、松、風、水といった墓地の付き物は、生前の華やかな服飾に取って代わった。油壁の車が待ちつづけていても蘇小小はもう来ない。そのため、逢い引きの「燭」も「翠《みどり》」に揺らぐ「鬼火」となってしまった。そこへつけられた「冷」という形容詞は、夜色をいっそう冷暗に感じさせている。最後は、命の終焉につれ人の世の望みがすべて徒労であることを告げ、やがては風雨の中で無に帰してしまうと結んだ。深い虚無感を漂わせた作品である。

ところで、『全唐詩』（清・彭定求《ほうていきゅう》等編）に収録された李賀の作品は二百四十二首に達しているが、「蘇小小の墓」のように、鬼（幽霊）の世界を描いたため「鬼詩《きし》」と呼ばれるものは十数首ある。比率はそれほど高くないものの、インパクトは非常に強い。そのため、「鬼詩」の作者であった李賀は「鬼才」と呼ばれ、更に李白が「詩仙《しせん》」と称されるのに対して、彼は「鬼仙《きせん》」とも名づけられたのである。しかし若い詩人李賀はいったい、このような「鬼詩」を通じて何を表現しようとしていたのだろうか。

李賀は、貞元六（七九〇）年に生まれ、元和十一（八一六）年に没している。字を長吉《ちょうきつ》といい、昌谷《しょうこく》（河南省宜陽《ぎよう》）の人であった。皇室の遠戚として生まれたのだが、家産はとうに廃れて暮らしがすこぶる困窮であったらしい。しかし、聡明で想像力の豊かな李賀は幼い時から苦学し、七歳の頃はすでに詩文を善くした。その作品はやがて、時めく文豪であった韓愈《かんゆ》の目にとまったのである。

元和元（八〇六）年、十七歳になった彼は地方の試験を優秀な成績でパスし、進士科の試験の準備に励んでいた。進士科は、唐代の科挙制度における最も重要な科目であり、仕官の登龍門とも目されていた。だが翌年の初め頃、李賀は思いも寄らぬ攻撃を受け進路を阻まれた。理由は、なんと父親李晋粛《りしんしゅく》の名にあった。その「晋―jìn」の字が進士の「進―jìn」と同音なので、「避諱《ひき》」して科挙から降りるべきという。「避諱」とは、主君、父母の名にある字を口にしたり書いたりするのを避けることを言い、そのよう字を軽々しく使うことはとんでもない不敬と見なされていたからだ。一例だけ挙げれば、漢の司馬遷は『史記』の執筆にあたって、父親の司馬談《しばだん》の名にある「談―tán」を使うべき度に全部「同―tóng」に書き直していた。反骨精神に満ちた司馬遷でさえ、そのようなしきたりを小心翼々と守っていたということを考えれば、「避諱」が長い中国史においていかに犯しがたい「聖域」であったかがわかるだろう。

攻撃は李賀のみにとどまらず、彼を推薦した韓愈にも及んだ。

「李賀の父の名は晋粛というゆえ、賀は進士にあがるべきではない。彼を薦めた者も非常識である」

という。それに対して、韓愈はすぐ「諱辯《きべん》」という名文を著して反撃に出た。

「父親の名は晋粛というだけで、子が進士の試験を受けてはいけないというなら、父親の名が〈仁―rén〉といった場合、子が〈人―rén〉になってはいけないとでも言うのか」

しかし韓愈の反撃も甲斐なく、守旧的な勢力がついに優位を占めた。李賀は奉礼郎《ほうれいろう》という従九位の低位にとどまり、官界で失意を舐め尽くした末、二十四歳の若さで自ら引退したのである。

「蘇小小の墓」は、李賀が科挙からおろされた時期に詠んだ作品であり、鬼の世界を描きながら人間の世の不条理を暗喩していた。かつて蘇小小は、恋人との家柄が釣り合わないため恋を失い尊い命まで落とした。今や自分も、理不尽のしきたりによって進路を阻まれ夢を砕かれている。「避諱」が世に罷り通る限り、自分の才能が扼殺され、永久に日の目を見ることがないのだ。彼は並外れた想像力と凄艶にして幽遠な詩風をもって、蘇小小の悲運におのれの抱えた深い虚無感を託した。

元和十一（八一六）年、二十七歳の天才詩人李賀は不遇の中で夭折したのであった。

解脱と愁思の境をさまよえる心――七言律詩・「咸陽城《かんようじょう》の西楼《せいろう》にて晩眺《ばんちょう》す」（晩唐・許渾《きょこん》）

咸陽城は、紀元前三五〇年に秦の孝公《こうこう》の命によって築かれ、紀元前二〇七年に秦が滅亡するまで、約百四十四年にわたり都として栄えていた。城の遺址は、陝西《せんせい》省長安県の西方にあるが、漢代以降、新城と改名されたり渭城《いじょう》と呼ばれたり、時代の変遷につれ新たに名をつけられている。王維《おうい》の名作――「元二《げんじ》の安西《あんせい》に使いするを送る」に、

「渭城《いじょう》の朝雨《ちょうう》　軽塵《けいじん》を浥《うるお》し」

という句があり、その渭城はまさしく咸陽のことを指している。

紀元前二二一年、血塗られた戦国時代を経て、秦の始皇帝はようやく中国を統一した。それまで、いずれの敵国を滅ぼすにあたっても、始皇帝は必ずその宮殿を絵図に記録させ、そっくり同じものを咸陽に建てさせた。記録によれば、約七十万人の「罪人」がそのため苦役に駆り出され、建造された宮殿の数は二百七十にものぼったという。最も大きな規模を誇ったのは、やはり有名な「阿房宮《あぼうきゅう》」であった。おのれの権勢を見せびらかし、淫欲を満たすため、始皇帝は各国からかき集めた美女を一万人以上もそこに入れたのである。

しかし驕れる者は久しからず、それらの宮殿の竣工も待たずに、始皇帝はあの世へ急いだ。遺された二世の胡亥《こがい》も、天下をわがものと束の間の夢を見ながら、殺されるまで建造を継続させたらしい。

紀元前二〇六年、項羽《こうう》は楚の大軍を率いて咸陽になだれこんだ。彼は降った秦王の子嬰《しえい》を殺し、宮殿を焼き払うが、火は三か月も消えなかったという。咸陽の宮殿の規模が、どれほど大きかったかを、違う角度から証明しているようだ。

次の一首は、晩唐の詩人――許渾《きょこん》が、咸陽城をおとずれた時に詠んだ作品である。

咸陽城西樓晩眺

一上高城萬里愁
蒹葭楊柳似汀洲
溪雲初起日沈閣
山雨欲來風滿樓
鳥下綠蕪秦苑夕
蟬鳴黃葉漢宮秋
行人莫問當年事
故國東來渭水流

咸陽城の西楼にて晩眺す

一たび高城《こうじょう》に上れば　万里愁《うれ》う
蒹葭《けんか》　楊柳《ようりゅう》　汀洲《ていしゅう》に似たり
渓雲《けいうん》　初めて起こって　日は閣《かく》に沈み
山雨《さんう》　来たらんと欲して　風は楼に満つ
鳥は緑蕪《りょくぶ》に下る　秦苑《しんえん》の夕べ
蟬は黄葉に鳴く　漢宮《かんきゅう》の秋
行人《こうじん》　問う莫《な》かれ　当年の事
故国　東来　渭水《いすい》流る

（大意）高い城楼に上り、暮れゆく空の色を見た刹那、故郷万里の愁いが胸にみなぎった。芦や柳が風になびく光景は、あまりにもわがふるさと――江南水郷に似ているのだ。谷川から雲がふわりと浮き上がり、楼閣へと夕日は沈みゆく。遠い山から雨の吐息が近づいてきたかと思うと、ひとしきりの涼風が吹きつけて楼閣に満ちた。秦代の花園に夕暮れがおとずれると、鳥はぼうぼうと生える草に舞い降りる。漢代の宮廷も秋となれば、聞こえてくるのは黄葉に鳴く蟬の悲しげな歌だ。旅人よ、昔の興亡などをたずねてくれるな。わたしも東方の故郷からこの古都へやってきたのだから。どんなに時が経っても変わらぬものは、ただ渭水の流れだけなのだ。

許渾は、字を用晦《ようかい》といい、潤州丹陽《じゅんしゅうたんよう》（江蘇省丹陽県）の名家に生まれた。太和六（八三二）年に進士に及第したのち、官界入りを果たしたが、病弱のため幾たびも免官されたり辞職したりしていた。それでも地方の県知事や州の刺史、および監察御史《かんさつぎょし》などを歴任したのである。

官職から離れる度、許渾は故郷に戻り、丁卯橋《ていぼうきょう》の畔の別荘で身を養い、詩を吟じつつのどかに過ごしていた。その橋にちなんで、後に出た彼の詩集も『丁卯集』と名づけられたのである。

許渾の作品に、山水林泉をうたうものは多数を占めている。しかし、九世紀の前半を生きた彼はまた、いよいよ傾いてゆく唐の国勢に不安を抱かずにはいられなかった。その詩文の行間からは、揺れる時勢を憂い、おのれの進退を悩む心情が常に見え隠れしている。後世の文人たちは彼の格調を「豪麗《ごうれい》」と褒めているが、それは自然に親しむゆったりした詩心と時世を叱咤する激情を、許渾が兼ね備えていたからだ。「咸陽城の西楼にて晩眺す」は、彼の代表作である。

作品は、数字から詠み起こされるが、「一」という瞬間的な時間表示と、「萬里」という空間表示

咸陽付近を流れる渭水

は「愁」と結びついて、第一句から深遠な思念を呈示している。その思念は、第二句の「蒹《けん》葭《か》」と「楊柳《ようりゅう》」によっていっそうふくらんでゆく。中国最古の詩集――『詩経《しきょう》』に、「蒹葭」(秦風《しんぷう》)という歌がある。

「蒹葭　蒼々たり、白露《はくろ》　霜と為《な》る。謂《おも》う所の伊《か》の人、水の一方に在り」

この冒頭の一節を口語に訳すと、次のようになる。

「芦が青々と繁り、白露は霜になってゆく。ああ、わたしが心に思いつづけてきた人よ、あなたは河の遥か向こうにいる」

やがて歌の主人公は、意中の人に会うため遠くて険しい水路を遡ってゆく……

一方、「楊柳」も、人や故国への思念を隠喩する詩語として多く使われてきたが、ことに北朝の詩人――庾信《ゆしん》が詠んだ「楊柳歌」や、隋の無名氏による「送別」が有名である。許渾は眼前の景物を取り上げながら、特定の意義を持つそれらの詩語に、おのれの心象風景を重ねた。

更に、詩人は「蒹葭」や「楊柳」がみな江南の「汀洲」に似ていると言葉をつづける。つまり目に映るすべてが、故郷を思い出させている。ここに至り、高城に登った瞬間に「万里愁」を抱えたわけがくっきりと表されたのである。

第三句の「渓」や「閣」について、許渾は自ら注を加えている。

「南は磻渓《はんけい》に近く、西は慈福寺《じふくじ》の閣に対《むか》う」

という。雲は南の磻渓から起こり、夕陽は西の仏閣に沈む――その「起」、「沈」という立体感を帯びた表現は、一句のうちにごく自然におさめられ、変化する天地の色と動く詩人の心を告げてくれている。

――暮れ方の眺めは素晴らしい。顔を掠める夕風も爽快である。だがこの胸にあふれる愁いは、いったい何なのだろうか……

許渾がそう思っているうち、いきなりひとしきりの涼風が吹きつけ、西楼の中をぐるぐるとめぐり始めた。遠い山から、雨の気配がすでに迫ってきたと、詩人は感覚でわかった。

前半はこうして、実景と心象風景、そして感覚を重ねあわせて、詩人の胸を去来する一喜一憂をとらえたのである。

迫り来る風雨に臨み、詩人はいっそう思いをめぐらした。かつて、秦苑や漢宮は咸陽に繁栄をもたらした。しかし今は、草がぼうぼうと繁り、黄葉がひらひらと梢にひるがえる。その中を自由自在に戯れ、鳴きつづけていられるのは、人の世の事を解せぬ鳥と蟬だけなのだ。消え去った栄華、権勢と、そこにある荒涼、寂寞を見つめて、詩人の心にはふっと、一連の問いが浮かんだ。

――秦漢が繰り広げた興亡はもしかして、いつの世でも不可知の力によって再現されるものだろうか。歴史は果たして、ただ繰り返しているだけなのだろうか。唐の繁栄に終止符を打ったかの「安史の乱」以来、そのような兆しをちらつかせた出来事はいったい、どれほどあったのだろうか。つい最近、いやしくも皇帝である者――憲宗《けんそう》と敬宗《けいそう》が相次ぎ宮中で殺された。秦苑や漢宮の近くに建てられた唐の宮殿は豪華を極めているが、それもいつかは廃墟となってしまうのではないか……

詩人の問いに、しかし誰も答えることができない。尾聯《びれん》の「行人」は、行き違いの人であり、詩人自身であり、絶えずにきざみゆく時でもあった。

最後の「流」に、深い意味が託されている。――歴史がいかに繰り返されても、渭水の流れは決して変わらない。悠遠の勢いは、「万里愁」と答えのない問いを包容し、やがて轟きながら時間と空間を越えてゆく。東からこの古都をおとずれた詩人も、心底からそうありたいと願ったのであった。

作品の前半は、情と景の描写に重きを置いている。後半の歴史に対する思考は、あまたの優れた唐詩の中においても群を抜くほど深い意義を持っている。しかしわたくしがそれよりも好きなのは、深い意義を持つかたわら、行間から滲み出る解脱と愁思の境をさまよった、詩人の生々しい人間味である。

第二章

風流詩情

I　最古の恋歌

清らかな解放感をもたらす恋の歌――四言古詩・「関雎《かんしょ》」（『詩経《しきょう》・周南《しゅうなん》』）

「関雎」は、中国史上最古の詩集――『詩経』の巻頭におかれた恋歌である。周南とは、周代に南方から採集された歌を指している。

關雎　　　関雎

關關雎鳩　　関関《かんかん》たる雎鳩《しょきゅう》
在河之洲　　河の洲に在り
窈窕淑女　　窈窕《ようちょう》たる淑女は
君子好逑　　君子の好《よ》き逑《たぐ》い

參差荇菜
左右流之
窈窕淑女
寤寐求之
求之不得
寤寐思服
悠哉悠哉
輾轉反側

參差荇菜
左右采之
窈窕淑女
琴瑟友之
參差荇菜
左右芼之
窈窕淑女

参差《しんし》たる荇菜《こうさい》
左右に之《これ》を流《えら》ぶ
窈窕たる淑女
寤《さ》めても寐《い》ねても之を求む
之れを求むれども得ざれば
寤めても寐ねても思服《しふく》す
悠《ゆう》なる哉《かな》　悠なる哉
輾転反側《てんてんはんそく》す

参差たる荇菜
左右に之を采《と》る
窈窕たる淑女
琴瑟《きんしつ》もて之を友とす
参差たる荇菜
左右に之を芼《ぬ》く
窈窕たる淑女

鐘鼓樂之　鐘鼓《しょうこ》もて之を楽しましめん

（大意）くわん、くわん！　みさごが仲良く河の中洲で鳴き交わしている。たおやかで善良な乙女は、誇り高い男子の好き伴侶だ。

長短の不揃いなあさざ（水草、若葉は食用できる）を、左に右に選び取る。たおやかで麗しい乙女を、昼も夜も求めたい。求めても得られなければ、寝ても醒めても思い焦がれる。思いつづけ、悩みつづけ、寝返りをうちつつ夜明けを迎える。

長短の不揃いなあさざを、左に右に摘み取る。たおやかで美しい乙女よ、琴や瑟を奏でて君に近づきたい。長短の不揃いなあさざを、左に右に抜き取る。たおやかで聡明な乙女よ、鐘や鼓を鳴らして君を悦ばせたい。

タイトルの「関雎」は、第一句の「関関たる雎鳩」から取ったものである。雎鳩は、魚を捕らえて食べる鷹であるので、中国では「魚鷹《ぎょおう》」とも呼ばれる。「関関」は、その鳴き声を擬した言葉だ。「窈窕」とは、姿がすんなりして、しなやかで麗しいことを言う。そのうえ「淑女」となると、美しいのみでなく、善良かつ聡明だという意味になる。女性を称える最高の言葉だ。

君子とは、教養高く誇り高い男性を指すが、そのような男の好き伴侶、好き配偶を「君子好逑《こうきゅう》」と言う。

この第一節には、実は重要な表現法が二つ盛りこまれている。一見、あまり主題とかかわりのない景物から詠み起こす方法は、術語で言えば「起興《ききょう》」であり、「詩興を起こす」ことである。今度はその景物を、主題に例える方法は「比《ひ》」と言い、つまり比喩なのだ。わかりやすく言えば、ここでみさごが鳴き交わしているのは「起興」であり、それを君子の淑女を求めることに例え、主題を引き出すのは「比」なのである。「関雎」の場合は、確かに「起興」から「比」へ移っていったのだが、この二つの方法はのち、あわせて「比興《ひきょう》」と名づけられ、漢詩のみではなく、その後の中国文学に莫大な影響を与えたのである。

さて、「参差」という言葉は、長短そろわぬものの形容詞である。水草の若葉を左右に選び取るように、わたしは昼も夜も美しい乙女を求めたいものだ——というのは、第一節の前半の意である。「流」は、ここでは「選び取る」という動詞として使われている。

第二節の後半は、求めても得られない苦しみと、寝ても醒めても胸を去らない思念を描き出している。「輾転反側」は、寝返りをうちながら、思い焦がれて眠れぬ様子を表す言葉であり、現代語でもよく用いられている。

第三節は、これまで求めても得られなかった「窈窕たる淑女」を求める、新たな方法と決意を歌っている。「琴、瑟、鐘、鼓」は、いずれも楽器ではあるが、「琴瑟」が弦楽器であるのに対して、「鐘鼓」はむろん打楽器である。古代では、たとえ打楽器であっても優雅に演奏されていたとはいえ、「琴瑟」の如き柔和な響きとは思えない。今風に言ってみれば、思いがますます募ってゆくのにしたがって、主人公がうたう恋歌は、すでに「バラード」から「ハードロック」へ変わりつつあるということである。

最後に特筆したいのは、恋の気持ちが激しくなるのにあわせて、主人公の水草を摘む動作も、「流——選び取る」から、「采——摘み取る」を経て、やがて「芼——抜き取る」に変わっていったことだ。恋いこがれる心がここで、さりげなく、しかも余すところなく顕わされているのである。

「關雎」は、中国人の恋歌の濫觴《らんしょう》と言っていいだろう。民謡風であり、やや長いこの一首の中、

「窈窕《ようちょう》たる淑女は、君子の好き逑《たぐ》い」

という二句が格別に愛唱されている。固苦しい儒教倫理観に縛られず、男の色好みに正当な理由を与え、清らかな解放感をもたらした一首であった。

「鄭《てい》」の民謡は淫らなのか——四言古詩・「子衿《しきん》」（『詩経・鄭風《ていふう》』）

『詩経』は中国最古の詩集であり、春秋時代の思想家——孔子がその編纂にたずさわっていたと伝えられている。

三百五篇からなるこの詩集は、初め『詩』と呼ばれていたのだが、漢の代になり、武帝は大儒——董仲舒《とうちゅうじょ》の「百家《ひゃっか》を罷黜《ひちゅつ》し、儒術を独尊《どくそん》す」という建言を採り入れ、あまたの学術流派を退けてただ孔孟の道のみを治国の精神指導に尊んだ。そこで古の政治、民情を記録した『詩』も儒学の経

典となり、『詩経』と尊称されるに至ったのである。
『詩経』は、一般的には大きく三つに分けられている。

Ⅰ　風《ふう》——百六十篇。
周南《しゅうなん》、召南《しょうなん》、邶風《はいふう》、鄘風《ようふう》、衛風《えいふう》、王風《おうふう》、鄭風《ていふう》、斉風《せいふう》、魏風《ぎふう》、唐風《とうふう》、秦風《しんふう》、陳風《ちんふう》、檜風《かいふう》、曹風《そうふう》、豳風《ひんふう》といった十五の地域の民謡である。
恋愛の歌が多数を占めるが、そのほかは人民の喜びや悲しみ、ないし怒りをうたうものであった。

Ⅱ　雅《が》——大雅《たいが》三十一篇、小雅《しょうが》七十四篇、併せて百五篇。
主に統治者のまつりごとや、王朝の歴史を記す叙事的なものである。同時に貴族の生活様式、思考をうたう歌、および国家の前途を憂え、乱れた政治を批判する歌もある。

Ⅲ　頌《しょう》——周頌《しゅうしょう》三十一篇、魯頌《ろしょう》四篇、商頌《しょうしょう》五篇、併せて四十篇。
王侯貴族が先祖の霊を祭るために演奏した、舞曲を伴う作品である。

三つの分類の中、民間人の悲喜を自然かつ質朴な文体でつづられた「風」は、文学的価値が最も高いと見なされ、後の中国文学に大きな影響を与えた。
また『詩経』は、周王朝が直轄統治した地域に誕生したものだと、これまで多くの研究者が説いてきた。確かに数字の上で事を論ずれば、陝西《せんせい》、山西、河南、河北、山東など、いわゆる黄河流域の歌が主流になっている。しかし「風」の開巻に挙げられ、最も人口に膾炙すると讃えられた「周南」、「召南」の源を尋ねるには、洛陽より遥か南へ、長江の上流地域にまでたどらなければならないということも、すでに論証されている。

さて、次の一首は「鄭風」に属している。「鄭」の地は、もともと今の陝西省華県のあたりにあった。紀元前七七〇年頃、周の平王《へいおう》は北方民族――犬戎《けんじゅう》の攻撃を避けるため鎬京《こうけい》（陝西《せんせい》省西安の西南）から洛陽へ遷都した。史上に言う東周時代の幕開けである。その時、鄭の君主――武公《ぶこう》も平王とともに東へ下り、洛陽の附近で新たに国造りをしたのである。「鄭風」とはそのあたりの民謡を言うが、全二十一篇の中、「子衿《しきん》」は比較的、愛唱されている。

子衿

青青子衿
悠悠我心
縱我不往
子寧不嗣音

子衿

青青《せいせい》たる子の衿《きみ》《えり》
悠悠たる我の心
縱《たと》い　我　往《ゆ》かずとも
子　寧《なん》ぞ音を嗣《つ》がざる

青青子佩
悠悠我思
縦我不往
子寧不來

挑兮達兮
在城闕兮
一日不見
如三月兮

青青たる子の佩《おび》
悠悠たる我の思い
縦い　我　往かずとも
子　寧ぞ来たらざる

挑《とう》たり達《たつ》たり
城闕《じょうけつ》に在り
一日《いちじつ》見ざれば
三月《みつき》の如《ごと》し

（大意）青い衿の服を身にまとうあなたよ、わたしの心は切なさにあふれています。たとえわたしがおたずねしなかったからと言って、どうして音信を一つもくださらないの。

玉の飾りを身につけるあなたよ、わたしの思いは愁いに満ちています。たとえわたしがおたずねしなかったからと言って、どうしておいでくださらないの。

あいたくて、あなたの姿が恋しくて、城門のあたりをひたすら行き来してみました。あなたに逢えない一日は、まるで三月のように長く感じてしまう。

「子衿」は三節に分けられ、意中の人を待つ女性の切ない恋心をうたっている。第一、第二節の冒頭に、それぞれ服飾品が挙げられているが、青い衿の服は当時の学生服であったので、意中の人が若い学生と考えていいだろう。玉を身につけるのは、心を清め高貴な精神を世にアピールするためであった。

前作の「関雎」と同じく、言葉の繰り返しが多いのはやはり民謡の特徴と思われる。繰り返しによってリズムを調え、印象をいっそう深めようとしたのである。ついでに、第一節の第四句が五文字になっているとはいえ、四文字で一句の基調は破られていないので、『詩経』にあるほとんどの作品と同様に四言詩である。

さて、かつては第三節の「挑兮達兮」を、「軽薄なさま」と解釈するむきがあった。確かに、女子一人で城門のあたりを不安げに行き来しては、お家柄のよろしい令嬢には見えないだろう。実は「子衿」のみでなく、「鄭風」そのものを淫らと断ずる風潮もあった。その根拠は『論語・衛霊公』の、「鄭声は淫《みだ》ら」だという孔子の指摘にあったという。しかし孔子の言う「鄭声」は、鄭の音楽であって「鄭風」の詩ではないはずだ。孔子は当時、鄭の音楽が荘厳、緩慢な雅楽の風格からどんどん離れ、にぎやかで複雑な曲想に傾いていくことから不安を抱いていたらしい。なにしろ音楽は、孔子にとってはただの娯楽ではないのだ。

「詩に興《おこ》り、礼に立ち、楽に成る」(『論語・泰伯』巻四)

と指摘したように、彼は人間の教養が、詩によってふるいたち、儀礼によって安定し、音楽によって完成すると考えていたからである。

同じ『論語』に、次のような孔子の言葉もある。

「詩三百、一言以てこれを蔽《おお》う。曰《い》わく思い邪《よこしま》なし」（「為政」）

口語に訳すと、次のようになる。

「『詩経』の三百篇、ただ一言で包み込めば、『心の思いに邪なし』だ」

ここで言う「三百」は三百五篇の概数であり、そのすべてが純粋な作品であることを、孔子は自ら規定したものだ。この一文を見ただけでも、「鄭声は淫ら」というのは、決して「鄭風」への批判でないことがわかるだろう。「鄭風」に恋の歌が多いにもかかわらず、淫らのほどではないのだ。「子衿」や「風雨」などは、愛の喜びと悲しみを素直にうたいあげた傑作であった。

II　女性の切ない恋心

熱烈な愛を素朴な言葉で謳歌――南朝楽府呉声歌曲《ごせいかきょく》・「碧玉の歌《へきぎょく》」

「碧玉の歌」は、「呉声歌曲」として知られている。「呉声歌曲」とは、建業《けんぎょう》（建康《けんこう》とも呼ばれ、今の南京）を中心とする江南地域の節や言葉でうたわれた南朝の歌を指す。南朝の歴史書『宋書』（梁《りょう》・沈約《しんやく》）に、

「呉歌は江南に生まれ、晋、宋の代から流行しはじめた。初めは〈徒歌《とか》〉であったが、のちは伴奏をつけられるようになった」（巻十九・楽志の一）

という記述がある。「徒歌」とは、無伴奏の歌唱を言う。宋代の郭茂倩《かくもせん》が編纂した『楽府詩集《がふ》』にも、

「永嘉《えいか》年間に長江を渡って以来、後の梁、陳に至るまで、幾つかの王朝は、相次ぎ建業に都を置いた。呉声歌曲の流行は、その時期と推定してよかろう」

と記されている。要約すれば、「呉声歌曲」の発祥地は江南であり、流行年代は永嘉（三〇七～三一二）から陳（五五七～五八九）の末年までの間であったというのである。現存の呉声歌曲は、約三百余首に上るが、内容の共通点と言えば、それは男女間の恋愛にほかならない。幸せな恋愛や苦しい恋愛、さまざまとある中、「碧玉の歌」は、貴族と民家の娘との愛をうたった可愛らしい作品である。

碧玉歌・其一　碧玉《へきぎょく》の歌・其の一

碧玉小家女　碧玉　小家《しょうか》の女《むすめ》
不敢攀貴徳　敢《あ》えて貴徳《きとく》を攀《たよ》らず
感郎千金意　郎《ろう》の千金なる意《こころ》に感じて
慚無傾城色　傾城《けいせい》の色の無きを慚《は》ず

其二　其の二

碧玉破瓜時　碧玉　破瓜《はか》の時
相爲情顚倒　相《たが》いに　情《じょう》　顚倒《てんとう》す

感郎不羞郎　　郎に感じて　郎に羞《は》じず
回身就郎抱　　身を回《めぐ》らして　郎の抱《ほう》に就《つ》く

（大意）その一
　碧玉は、民家に生まれ育った娘ですよ。どうしてこちらから高貴なあなたに近づくことができましょう。でも、あなたの尊い愛に心をうたれましたわ、傾城の美しさを持たない自分のことをはずかしく思いながら……。

（大意）その二
　碧玉は十六歳、まさに娘盛りの年ですよ。あなたと出会い、恋に落ちて愛しあった。あなたの真心に感動し、あなたの燃える瞳にはずかしさすら忘れ、くるっと向きを変えて、あなたのやさしいかいなに抱かれた……。

右の二首は、『楽府詩集』に収められた五首から選んだものである。「碧玉の歌」の作者に関して、いろいろと異なる説があった。『玉台新詠』は、晋の文士――孫綽《そんしゃく》（三一四～三七一）の作品としているが、『楽府詩集』は、劉宋の汝南王《じょなんおう》が創ったとしつつ、
「碧玉は、絃歌《げんか》を善《よ》くし、宋の汝南王の寵姫《ちょうき》なり」
と書いている。しかしわたくしは、劉宋の史料から汝南王という人物を見出すことができない。

時をやや繰り上げれば、東晋時代には汝南王がいて、名を司馬羲《しばぎ》という。とすれば、紀元三七一年に没した孫綽と、太元年間（三七六〜三九六）の中頃に没した司馬羲とは、ほぼ同時代の人だと推定できる。文士と王族の間に、交流があったことも想像に難くないだろう。

また、時が少々下り、梁の元帝（五〇八〜五五五）は、

「碧玉　小家の女、汝南王に嫁ぎ来たる」

という句を詠み遺している。更に北朝の詩人――庾信《ゆしん》（五一三〜五八一）の作品にも、

「定めて知る劉碧玉《りゅうへきぎょく》、偸《ひそ》かに汝南王に嫁ぐ」

という句がある。それらの表現を見れば、碧玉と汝南王の恋愛が当時、多くの文人によって語られていたことがわかる。冒頭に挙げた史料や「碧玉の歌」と並べて読んでいるうち、次のような構図が頭に浮かび上がってくる。

――碧玉は劉という民家で生まれ育ち、容貌はさほど美しいものではなかった。だが、楽器の演奏や歌が上手のため、汝南王に見初められ、二人は不釣り合いな出身などを無視して愛しあった――

ひょっとして、汝南王は碧玉を寵愛したあまり、交流のあった孫綽に詩を創らせ、彼女にうたわせたのではないだろうか。あるいは「碧玉の歌」は、必ずしも孫綽か、汝南王かの独力による創作ではない。むしろ碧玉を含める三人の共作であっただけに、作者に関する異説を生み出したのかもしれない。

さて、中国では今も、庶民の出身で器量のいい娘は、時々「小家碧玉《しょうかへきぎょく》」という言葉で形容されている。ただしその出典が、「碧玉歌」にあることはあまり知られていないようだ。「小家碧玉」に反して、「大家閨秀《たいかけいしゅう》」という表現もあるが、それはいつも、由緒正しい家柄に育った令嬢を指している。

「貴徳《きとく》」は、身分の高い汝南王に対する尊称であった。その「貴徳」に好感を抱きながら、地位の差で敢えて自ら近づこうとしないのは、「小家碧玉」の潔いところであろう。そのような気持ちは、「敢えて貴徳を攀《たよ》らず」という一句に表されている。

第一節の後半は、絶世の美貌を持っていないのに、汝南王に愛されたことを慚じつつ感謝の意を伝えている。

第二節の「破瓜」とは、年が二八（十六歳）であることを指す。篆書で書かれる「瓜」は、八が二つ重なったように見えるので、それが破れるとすなわち十六――娘盛りの比喩になる。民間の俗語では、「破瓜」はまた処女を失うことをも暗喩しているのである。

特に結びの、

「郎に感じて郎に羞《は》じず、身を回《めぐ》らして郎の抱《ほう》に就く」

という二句は、恋人にすべてをゆだねる女性の無邪気さと、艶めかしさをみごとに描いている。

この作品は、碧玉の立場でうたわれた、貴族と民家の娘との恋歌である。作者が誰であるにせよ、「碧玉の歌」は、熱烈な愛のあり方を素朴な言葉で謳歌しつつ、虚飾を拒んだ江南地方の大胆な風習をも映し出していると思う。

別離の悲しみ、愛の喜び、そして眠れぬ夜の想い——南朝楽府呉声歌曲・「子夜歌《しやか》」

『楽府詩集』には、同じ呉声歌曲である「子夜歌」も収められている。『宋書』の「楽志」によれば、

「子夜歌は、名を子夜という女子が造ったものだ」

という。創作の時期は、およそ紀元四世紀の後半であり、「碧玉の歌」の誕生とほぼ同じであった。その哀愁を帯びた調べを模し、のちに民間で流行った数多くの「子夜歌」もみな、男女の恋愛を主題にし、離合集散の悲喜をうたう女性の歌であった。現存の作品は、四十二首に数えられるが、その中の三首を取りあげてみる。

子夜歌・其一　　子夜歌・其の一

今夕已歡別　　今夕《こんせき》　歓《かん》と別れ
合會在何時　　合会《ごうかい》　何《いず》れの時にか在《あ》らん
明燈照空局　　明灯《めいとう》　空局《くうきょく》を照らし

悠然未有期　　悠然として未《いま》だ期《き》有らず

其二　　其の二

宿昔不梳頭　　宿昔《しゅくせき》　頭《かみ》を梳《くしけず》らず
絲髪被兩肩　　糸髪《しはつ》　両肩に被《かむ》る
婉伸郎膝上　　郎《ろう》の膝上《しつじょう》に婉伸《えんしん》して
何處不可憐　　何れの処か可憐ならざる

其三　　其の三

夜長不得眠　　夜長くして眠るを得ず
明月何灼灼　　明月　何ぞ　灼灼《しゃくしゃく》たらん
想聞歡喚聲　　歓《かん》の喚声《かんせい》を聞けりと想いて
虚應空中諾　　虚しく空中に諾《だく》と応《こた》う

（大意）その一

今宵、愛しいあなたと別れたら、いつまたお会いできるのかしら。灯火は人気のない部屋と、寂しげな碁盤をあかあかと照らしているのに、再会はいつになるか全く見えない。

（大意）その二

寝乱れた髪を、櫛さえ入れず両肩にふりかぶり、戯れにあなたの膝にもくねり伸ばしてみた。ねえ、あなたといることは、どうしてこんなに素敵なのでしょうか。

（大意）その三

人を思って眠れぬ夜は長い。何故か、お月さまの明るい光すら意地悪く思った。ふと、あなたの呼び声を聞いたような気がして、つい「あなた」と声をあげてしまった。

「子夜歌」は、南方民謡に見られる特殊な表現法として、「双関隠語《そうかんいんご》」をよく用いている。双関隠語とは、一つの言葉に二つの意味を持たせることを指し、つまり掛詞に似たものである。例えば、「その一」に「空局」という言葉があるが、それは碁石のない碁盤をいうと同時に、恋人がいなくなった寂しい部屋（局《へや》）をも表している。「悠然」は、中国語では「油燃」の音に通じ、前句の「明灯」と意味的に呼応する。「未だ期有らず」の「期」は、碁（棋）の字と同音だったので、碁石のない「空局」を喩えつつ、再会がいつになるだろうかと嘆いている。

「双関隠語」の他にも、珍しいことに第一句の「已」は「与」と同義に使われ、助詞の「と」の働きをする。「歡」は恋人の意でありながら、別離の悲しみを反面からくっきりときわだたせている。

「その一」とは逆に、「その二」は愛する女性の喜びをうたったものである。

古人は、

「女は己を悦《よろこ》ぶ者の為に容《かたち》づくる」（『史記・刺客列伝』）

というが、つまり、女性は自分を愛してくれる人のためにこそ容姿を美しくするものだ。しかしここの主人公は、そんなことを全然気にしていない様子である。彼女は長い髪を肩にふりかぶり、更に恋人の膝にまでくねり伸ばす。だがまさしくこの一句が、意外な功を奏している。その愛嬌たっぷりの戯れに、心を完全に解き放した女性の自信、大胆、そして深い愛が光っているのだ。最後の句は、

「ねえ、わたしがこうしていても可愛いでしょう」

というふうにも読みとれると思う。

「その三」は、纏綿たる思念の情をうたっている。ここにも、「双関隠語」の技法が使われていたが、「喚声」は「歓声」の音に似ており、恋人と過ごした幸せな時を生々しく喩えている。それだけに、目の前の静けさがいっそう寂しく感じられる。主人公は、月を眺めながら幻想に入り、そして恋人の呼び声を聞いた。「想聞」という表現は、「聞いた」のが実は「聞きたい」からだということを暗示している。「聞きたい」からこそ、彼女はつい空中に向かって「諾」と答えた。しかし幻想は所詮、幻想に過ぎない。彼女の「聞きたい」思いも答えもやがて虚空に帰し、夜は再び静寂に

包まれた。彼女と見つめあっているのは、「灼灼たる明月」だけなのであった。

以上の三首は、自然、繊細、哀切な愛情描写をもって、「子夜歌」の中で異彩を放っている。詠み人知らずの上、後世の文人による詩作にはほとんど例を見ない表現法が多用されていることもあって、これは民間人の女性が創ったものだと推定できると、わたくしは思う。別離の悲しみ、愛する人と戯れる可愛らしさ、眠れぬ夜に人を想う切なさ――女主人公たちの溜息と一挙一動が今、耳に聞こえて目に浮かぶようだ。

若い未亡人の胸に燃えさかる情欲――北朝楽府・「楊白花《ようはくか》」（北魏・胡太后《こたいごう》）

南朝の恋歌――「碧玉の歌」、「子夜歌」に引きつづき、北朝の女性、それも一国の皇太后が詠んだ失恋の哀歌を取りあげてみたい。

楊白花
陽春二三月
楊柳齊作花
春風一夜入閨闥

楊白花
陽春　二三月
楊柳《ようりゅう》　斉《ひと》しく花を作る
春風　一夜　閨闥《けいたつ》に入《い》り

楊花飄蕩落南家　　楊花　飄蕩《ひょうとう》して　南家《なんか》に落つ
含情出戸脚無力　　情を含《ふく》んで　戸を出《い》づれば　脚に力無く
拾得楊花涙沾臆　　楊花を拾い得て　涙　臆《むね》を沾《ぬ》らす
秋來春還雙燕子　　秋来たりて　春還る　双《つがい》の燕子《えんし》
願銜楊花入窠裏　　願わくば　楊花を銜《くわ》えて　窠《す》の裏《うち》に入らんことを

（大意）陽春の時節に、柳の並木はそろって白い花を空に浮かべた。やさしい春風が、今宵もわたしのねやに吹き込むけれど、恋しい楊花よ、どうしてひたすら南へ漂ってゆくのだろうか。深い思念を抱え、静まり返った部屋から出てみたが、春のものうさに、この身が一瞬に包まれてしまった。地に転がる楊花を手にして、思わず涙こぼれて胸を濡らした。季節にしたがって行き来するつがいの燕を眺め、寂しさに打ちひしがれた心はいっそう沈んでゆく。いつか、わたしも燕になり、恋しい楊花を銜えて巣に帰りたいものだ。

時代は南北朝。南朝の劉宋はすでに滅び、北朝の魏も頂点から下り坂に入っている。それでも、劉宋の政権を乗っ取った南斉と北魏の間に、領土争いの衝突が絶えず、互いの勝敗につれ、国境線も一進一退であった。長江、黄河を挟んで、両国はなお一触即発の情勢にあったのである。

紀元四七一年、五歳になる男児が平城《へいじょう》（山西省大同市の東部）で帝位につけられたが、彼こそ太和十四（四九〇）年に二十歳で親政を開始してから、十余年間にわたって鮮卑《せんぴ》国家の北魏を治めた賢君――孝文帝《こうぶんてい》である。

南北対峙の局面を収拾し、漢民族を中心とする中国を統一するには自ら漢民族の文化を把握しなければならない。そう思った孝文帝は、親政の五年目から、鮮卑族を徹底的に漢化する一連の政策を打ち出した。鮮卑人に漢民族の衣裳を着せ、宮廷で鮮卑語による会話を禁じ、そして漢族の文士を政治中枢に抜擢する。太和二十（四九六）年になると、彼はとうとう鮮卑皇族の苗字――「拓《たく》跋《ばつ》」を漢民族の苗字――「元《げん》」に改めさせ、更に鮮卑の貴族たちにもおのおの改名するよう命じたのである。それでも北方の風習を懐かしみ、ひそかに胡服《こふく》（北方民族の衣裳）を身につけ、しばしば禁令を冒した皇太子に死を賜ったのは、その漢化政策における最も痛ましい史実であった。

これらに先立つ紀元四九三年、孝文帝はやがて来るべき南朝との決戦に備え、まわりの反対を押し切って平城から洛陽への遷都を命じてもいたのである。

すべての準備が整って、孝文帝自ら指揮を執った前哨戦も勝利をおさめた。大望が実現しようという矢先、彼は戦場からの帰途で病に倒れ、三十三歳の若さで世を去ったのである。

孝文帝亡き後、次男の元恪《げんかく》があとを継いだ。しかし国家を束ねた孝文帝の強い精神的引き締めが弛んだところ、鮮卑民族は早くも自暴自棄に陥った。冒頭の歌は、元恪の寵妃――のちに皇太后になった胡氏の作であったが、胡太后と称された彼女の生涯は、まさしく北魏という鮮卑国家の堕落を活写した絵巻のようだ。

胡氏は豪家に生まれた娘であり、幼い時から仏教に親しみ、文芸武術にも長けていた。のちは美貌をもって元恪に見初められ、その妃の一人になった。ところで十七歳で即位した元恪も、父親の孝文帝と同じく三十三歳で没している。その短い生涯は、ほとんど仏教への狂信に費やされたようなものだ。史料によれば、元恪の命令のもとで建立された仏寺は、洛陽城内に五百を上回り、各州や郡には一万三千余にまで及んだという。時がやや遅れて、南朝で梁を建国した武帝——蕭衍《しょうえん》とは不倶戴天の宿敵でありながら、二人がそろって「佞仏《ねいぶつ》」(仏におもねって利益を得ようとする風潮)の時代を開き、そしてそれぞれ滅亡へ急いだのは、実に歴史の嘲弄としか言いようがない。晩唐の詩人——杜牧《とぼく》の七言絶句「江南の春」に、

「南朝四百八十寺、多少の楼台《ろうだい》　煙雨《えんう》の中《うち》」

という聯がある。これは単なる江南の景色を描いたものではなく、南北朝の「佞仏」を表に出して、唐の同じ風潮を暗に批判しているのではないかという論説も出たことがあるが、正否はともかくとして、その一聯から時代の様相がうかがえるのは確かであろう。

元恪のあとを襲ったのは、元恪と胡氏の間にもうけられた六歳の元詡《げんく》であった。そこで、胡氏は皇太后となって幼い帝の代わりに摂政を始める。だが、若い未亡人である胡氏の胸には今、抑えきれない情欲が燃えさかったのだ。

史料によれば、彼女は宮殿で淫行を重ねるうち、天下に怨まれ、いよいよ成人した元詡との間にも絶えずいざこざを起こしていた。紀元五二八年、亡国の危機を目前に、胡氏は乱臣の讒言を聴き

入れ、十九歳のわが子である元詡を毒殺してしまったという。

さて、題の「楊白花」とは、文字通りに解釈すれば、柳絮《りゅうじょ》、すなわち柳のわたになるが、しかし「楊花」は実際、あまたの男の中で彼女が最も愛した楊華《ようか》を指しているのだ。楊華は、もとの名は白花《はくか》といい、北魏の武将――楊大眼《ようたいがん》の息子であった。父親から武人としての勇猛を受け継ぐかたわら、容貌もかなりハンサムだったらしい。胡太后と関係を持った彼は、いつか訪れてくる禍を畏れ、思いきって長江を渡り南朝の梁に降ったのである。「楊花、飄蕩して南家に落ちる」という句は、まさしく南朝へ行ってしまった楊華のことを詠んだものだ。

楊華の亡命に気づいた胡太后は悲しみにくれた。彼女は「楊白花」を創り、宮女たちと腕を組み地を踏み鳴らして昼夜分けずにうたった。その調べは、

「凄切《せいせつ》にして断腸の響きあり」

と、南朝の史書『南史』の巻六十三に書かれている。失恋の悲しみは、彼女を国政から遠ざけ、淫乱の淵により深く陥れたのである。

「楊白花」は八句からなり、五言が二句、七言が六句、という形を持っている。甘粛の地に生まれた胡太后が、北朝の民謡に親しみ、「勅勒の歌」のような雄大な風格に染まることは、当然のように思われるのだが、しかし「楊花」をもって楊華を暗示したり、「楊花を銜えて巣に帰りたい」と言って自分を燕にかけたりしたところは、彼女が南朝楽府から影響を受け、その「双関隠語《そうかんいんご》」の

技法をみごとに使いこなしていたことを物語っている。また、悲しみにくれた歌ではあるが、「楊白花」は、北朝楽府の特徴とも見られる悲壮や慷慨といった激情をほとんど持っていない。代わりに、艶めかしい悲哀があふれているのである。

紀元五二八年は、道武帝《どうぶてい》が登国元《とうこく》（三八六）年に北魏を建国してから百四十三年目にあたる。その春、北魏の都は、秀容《しゅうよう》という新興部族の大軍に陥落された。胡太后をはじめ、王侯貴族、文人武士、併せて約二千数百人が、黄河に沈められ殺されてしまった。広大な中国が分裂して数世紀、南北の文化は秘やかな融合を遂げつつあった。やがて隋唐による大統一が再び訪れる前夜の、最も暗黒な時代であった。

北方の荒原に生まれた愛の誓い――漢代楽府・「上邪《かみや》」

これまでは南北朝の楽府について語ってみたが、時の流れを遥か遡り、楽府の発生期とされる漢代の作品を紹介しておきたい。

漢代の楽府歌曲は、一般的には三つの類に分けられている。まず第一類は、《郊廟歌《こうびょうか》》、《燕射歌《えんしゃか》》、《舞曲》といった貴族音楽である。これに次ぐ第二類は、漢という大帝国を取り巻く諸国から輸入した《鼓吹曲《こすいきょく》》や《横吹曲《おうすいきょく》》などである。第三類は、各地から採集された《相和歌《そうわか》》や《清商歌《せいしょうか》》といった民間歌曲であった。

次に挙げる「上邪」と「思う所有り」は、第二類の《鼓吹曲》に属しているが、『旧唐書《くとうじょ》』（五代・劉昫《りゅうく》）の「音楽志」（巻二十九）に、「《鼓吹》はそもそも軍楽として馬上で演奏する曲であった。（略）漢代以来、北方民族から伝わってきた音楽はすべてこの類に収められている」という記述がある。現存の《鼓吹曲》は十八首あるが、その内容を見てみると、必ずしも軍楽ではないようだ。ところがそれらの歌の表現の素直さと、喜びや悲しみの激しさには、やはり北方の荒原を馳せながら生を営む民族に特有な響きがあると思う。「上邪」、「思う所有り」は、その代表的な二首である。

上邪

上邪
我欲與君相知
長命無絶衰
山無陵
江水爲竭
冬雷震震

上邪《かみや》

上や
我　君と相知り
長《とこし》えに　絶え衰うること無からしめんと欲す
山に陵《おか》無く
江《かわ》の水　竭《つ》くるを為《な》し
冬に雷《いかづち》　震震《しんしん》として

夏雨雪　　夏に雪雨《ふ》り
天地合　　天地　合《がっ》すれば
乃敢與君絶　　乃《すなわ》ち敢《あ》えて君と絶たん

（大意）神に誓おう！　あなたを愛する心は、命ある限り変わらない。

高い山が平原になり、大河の水が涸れ果てる。冬に雷鳴が轟いて夏に雪が降り、天と地が一つにくっついてしまう――そういうことさえ起こらないかぎり、わたしは決してあなたから離れない。


作品は神への誓いから始まるが、五つの不可能な自然現象を連ねておのれの永遠に変わらぬ愛をうたいあげている。

「山に陵無く」とは、そびえ立つ山々が平地になってしまうことを言う。「江の水竭くるを為し」とは、大河の流れが尽きることである。「冬に雷《いかづち》震震」や「夏に雪雨《ふ》り」は、それぞれの季節においては起こり得ないものと、当時の人々はそう考えていたのだろう。最後の「天地合」ときては、これはもう「天地開闢《かいびゃく》」以前の混沌たる宇宙に戻ってしまうことであり、当然、地球が完全に崩壊することを意味している。

さて詠み人は、この五つの現象を挙げ列ねて、そういうことさえ起こらない限り、自分は絶対にあなたを離さないしむろん離れたりもしないと言っている。その激しい感情表示は、儒学が唱える克己の精神とは全く相反するものであった。

詠み人知らずであった以上、漢代に伝来したというほか、具体的な創作年代は考証できない。かつては「男の女を慰める辞《ことば》なり」と言われたこともあったようだが、その語調や感情的表現から見れば、女性の作品と推定して間違いないと思う。

恋人の心変わりに、女の怒りが炸裂——漢代楽府・「思う所有り」

「上邪」と同じく詠み人知らずの歌で、《鼓吹曲》十八首のうちに数えられているが、「思う所有り」は、恋人の心変わりに対する女の激怒をうたっている。少し長いので、真ん中の七句だけを読むことにしよう。

有所思　　思う所有り

聞君有他心　　聞く　君に他心《たしん》有りと
拉雑摧焼之　　拉雑《らざつ》して之《これ》を摧《くだ》き焼かん
摧焼之　　之を摧き焼いて
當風揚其灰　　風に当たって其の灰を揚げん

従今以往　今より以往《いおう》
勿復相思　復《ま》た相思《あいおも》うこと勿《な》かれ
相思與君絶　相思《そうし》　君と絶たん

（大意）人づてに聞いた、遠方にいるあなたが心変わりしたと。こんなことなら、あなたに贈ろうとした玉飾りのかんざしをへし折って、粉々に砕いて焼いてしまおう。砕いて、焼いて、その灰を風に撒いてしまう。今日からは二度とあなたのことを思うまい。思ったとしてもそれは、ただきっぱりと縁を切るということだけ。

恋人に「他心有り」と聞くだけで、この女主人公は怒り狂った。恋人への贈り物で用意したかんざしをへし折り（拉雑）、砕き（摧）、焼いてしまう。それでも胸を晴らすことができず、焼いた灰を風に向かって撒く（揚）。四つの動作が一気に行われた後は断絶の宣言。古人は、「望み深き故、怨み切なり」と評していたが、恋人への愛が深かっただけに、心変わりを知った後の怨みも激しいというのである。「上邪」のように愛し、「思う所有り」のように怨む。これぞ北方恋歌の特徴と言えるかもしれない。

『詩経』や『楚辞《そじ》』（「大風の歌」を参照。一四八頁）に次いで、楽府歌曲は中国文学史における詩の第三完成期と言っていいだろう。漢民族や周辺の諸民族によって創られたおびただしい楽府歌曲の中でも、右の二首はぬきんでて光っている。清の学者――荘述祖《そうじゅつそ》（一七五〇～一八一六）は、その著である『漢・鐃歌句解《どうかくかい》』で次のように賛嘆している。

「天日を指して以て自らを明らかにす」

つまり、天地日月に生きる一個の人間が、歌を通しておのれの心中をすべて明らかにしたということである。文人による詩作ほど、構文の精巧さや思想の深遠さはないが、むしろすべての技巧と風雅を棄て、人生を直視し愛を真っ直ぐに追い求めたところに、こういった民謡が持つ原石のような輝きがあったのではないだろうか。

民族紛争に翻弄された女性の悲嘆――宋詞・「如夢令《じょぼうれい》」（宋・李清照《りせいしょう》）

唐の詩壇において、厳しい規律のうえに成り立つ絶句や律詩が主流となっていたのは言うまでもない。唐の詩人たちは、唐代に完成し全盛期を迎えたそのような詩形を、「今体詩《きんたいし》」か「近体詩《きんたいし》」とも呼んでいた。反して、『詩経』から南北朝楽府までのあらゆる詩作は、唐の人にとっては「古詩」の類に入るので、「古体詩《こたいし》」か「古風《こふう》」と名づけられたのである。両者の違いは、「近体詩」が音韻、平仄《ひょうそく》、対句（近体詩の技法に関しては「付録」を参照）といったさまざまな規律を守ったうえで創らなければならないのに対し、「古体詩」は韻を踏むほか、すべての約束事に縛られないというところにあった。唐の代に「自由詩」という言葉こそなかったようだが、ある意味では、「古体詩」はおのれの心境を思う存分に詠みあげられた「自由詩」のようなものではないかと、わたくしは思う。更に各々の長所を指摘すれば、それは「近体詩」の洗練と「古体詩」の奔放にほかならない。唐の詩人たちは、自分の個性、好み、および詩の題材、内容に応じて、異なった二つの詩形を選んで創作し、それぞれに花を咲かせたのである。

ところで、この二つの詩形が絢爛たる世界を織りなすかたわら、「詞」という文学形式も少しずつ芽を出しつつあった。『旧唐書《くとうじょ》』の「音楽志」によれば、

「開元《かいげん》以来、歌者《かしゃ》は胡夷《こい》、里巷《りこう》の曲を交え使っていた」

という。「胡夷」とは西域であり、「里巷」とは民間のことを指す。つまり、唐代の流行音楽はほとんど、開元年間（七一三〜七四一）に伝来した西域音楽や民間から興ったものであったのだ。突きつめて言えば、「詞」とは、その多彩な音楽に合わせてうたうために創られた「歌詞」にほかならなかったのである。

さて、李清照は、北宋の元豊《げんぽう》七（一〇八四）年に文人官吏の家庭に生まれ、南宋の紹興《しょうこう》二十一（一一五一）年に没している。屈指の詞人でありながら、乱世に苦しんだ一人の哀れな女性でもあった。

十八歳の年に、李清照は結婚したが、夫の趙明誠《ちょうめいせい》は、丞相の子息で優れた金石（古代の銘文）の

研究家であった。ともに文学の奥義を探究しつつ、夫婦の間は睦まじく愛情が深かったらしい。しかし彼女が四十三歳になった年に、史上に言う「靖康《せいこう》の変」が起こった。東北の女真《じょしん》族が建てた国家――金《きん》の大軍は、破竹の勢いで黄河を渡り、都の開封を落とした。靖康二（一一二七）年の春、宮中の文物および財宝はことごとく掠奪され、上皇の徽宗《きそう》、帝の欽宗《きんそう》を含め、皇室一族ももろとも生け捕りにされ北へ連行された。遺された康王の趙構《ちょうこう》だけが南へ転々と逃げまわり、九死一生の思いをした末、やっと南宋王朝の都を臨安《りんあん》（浙江省杭州）に定めたのである。

北宋が滅びた靖康二年の秋に、趙明誠は、趙構から建康（南京）の知府として召し出されて一人で南下した。が、状況はますます悪化する一方だ。翌建炎《けんえん》二（一一二八）年の初春、二人が家を構えた青州《せいしゅう》（山東省益都《えきと》県）も金軍に落とされたのである。李清照は決意した。これまで夫が収蔵した約二千点に及んだ金石や書画の作品を十五台の車に載せて、彼女は建康にいる夫のもとへ向かったのである。

戦時中の道は危険に満ちていた。それでも彼女は艱難を舐めつつ建康にたどりつく。だがまさかなことに、そこで更なる苦難が彼女を待ちかまえていた。

夫婦が団欒して間もなく、趙明誠は建炎三（一一二九）年に知府在任中に病没し、建康城も金軍の攻撃に晒された。四十六歳の李清照は死別の悲しみを抱え、またしても逃亡の途へ出かけなければならなかった。ほとんどの収蔵品を失った彼女は、孤独、貧困、そして漂泊の中で余生を送っていた。

晩年は、親族に頼って金華《きんか》（浙江省金華）で定住したようだが、李清照は、愛する夫が遺した著書『金石録《きんせきろく》』の三十巻を整理、編集し、二十八年にわたる夫婦の愛をつづり、読む人に感涙をうながす序文を添えたのである。

李清照の詞作は、南下を境に前後期に分かれる。前期の作品には、相思相愛、集散離合をうたうものが多く、後期には運命への悲嘆に、亡国の痛みを託した詞が主であった。「如夢令《じょぼうれい》」の創作時期は、夫が建康へ赴任してから、李清照が南下するまでの間である。

如夢令

昨夜雨疏風驟
濃睡不消殘酒
試問卷簾人
却道海棠依舊
知否
知否
應是綠肥紅瘦

如夢令

昨夜　雨疏《まば》らに風驟《にわ》かなり
濃き睡《ねむ》りも　残酒《ざんしゅ》を消さず
試みに簾《すだれ》を巻く人に問えば
却《かえ》って道《い》う　海棠《かいどう》は旧に依《よ》ると
知るや否《いな》や
知るや否や
応《まさ》に是《こ》れ　緑は肥え紅《くれない》は痩せたるなるべし

（大意）昨夜、雨がまばらに降り、風は激しかった。よく眠れたのに、なぜか酔いはまだ醒めていない。簾を巻きに来る人に尋ねてみたところ、

「海棠の花はもとのままよ」

と答えられた。でも、ほんとうは知っているの。こんな風雨の夜を経れば、きっと緑の葉ばかりが茂って、紅い花はすっかり萎れてしまったでしょう。

「如夢令」は、この作品の「詞牌《しはい》」であるが、「詞牌」とは、昔から伝わってきた古曲の名前を言う。そのような古曲に合わせてつくられた詞は、それぞれの「詞牌」を持っているので、「詞牌」は多くの場合、作品の内容と何の関わりも持たず、ただその格式を示しているのみだ。「如夢令」という詞牌の格式は、次の通りである。

Ⅰ　三十三文字・小令《しょうれい》（五十八文字以下は小令、五十九文字から九十文字までのは中調《ちゅうちょう》、九十一文字以上は長調《ちょうちょう》という）——六文字が二句、五文字・六文字が各一句、二文字が二句、六文字が一句。

Ⅱ　単調《たんちょう》——１コーラスのみのこと。

Ⅲ　仄韻《そくいん》を用いること——第三句を除き、すべての句は発音が低く、短く、かつ激しい仄声文字を韻とすること（音韻のことについては「付録」を参照）。

ちなみに、詞の全盛期であった宋代には、このような「詞牌」は千種類以上にも達していた。たくさんの詞人が、古曲に合わせ「詞牌」を踏まえながら、ひたすら新しい詞をつづろうと勤しんだ結果として、唐詩に並び、「宋詞」という中国文学史における最も華麗で耽美的な文学形式が築きあげられたのである。

この作品は、風雨交じりの夜から詠み起こされている。熟睡したにもかかわらず、なぜか夕べの寂しい酒はなお胸に残っている。「簾を巻く人」とは、侍女のことを言う。「試問」という一語によって、まだベッドにいる詞人のものうい様子が描かれたのである。

しかし侍女は、李清照の悲嘆にくれた心を解せず、簾を巻きつつ、「海棠の花はまだ大丈夫ですわ」という目に見える状況だけを告げた。「知否、知否」の連発には、李清照のやるせない思いがこめられている。それは侍女への問いというより、むしろ自分自身と、滅びゆく時代への問いかけであったのだ。茂る緑の中で、萎れてしまった紅い花は、詞人の青春、夫婦の熱愛、更に民族紛争に翻弄された人生そのものの象徴なのではないだろうか。

III　深い思念を託して

寂しさにうちひしがれる――唐詞・「菩薩蛮《ぼさつばん》」（晩唐・温庭筠《おんていいん》）

「菩薩蛮」も、「如夢令」と同じく「詞牌」である。その縁起について、このような説話がある。唐の大中年間（八四七〜八六〇）は、宣宗《せんそう》皇帝の代であった。その初め頃、西域から女蛮国《じょばんこく》の使者が長安にやってきた。その衣冠や服装が菩薩にそっくりだという風説は、たちまち好奇心の強い長安人の間に伝わった。

訪問の礼節として、使者は随行したミュージシャンとともに西域の音楽を演奏して宣宗に聴かせたが、異国の旋律に、宣宗はすっかり魅せられたらしい。彼はその音楽を記録させ、使者たちの衣裳にちなんで「菩薩蛮」と名づけた。その上、自らそれに合わせて詞を創ったりしたというのである。

この説話の信憑性はともかくとして、宣宗と同時代の詩人――温庭筠が、十四首の「菩薩蛮」を詠み遺していることから、「菩薩蛮」がその時期に流行っていた様子をうかがうことができる。

さて、温庭筠は「艶詩《えんし》」の達人と言われているが、艶詩とは、男女間の恋愛を詠む艶っぽい詩を言う。同時に、彼は西域や民間から興った「歌詞」を新しい文学形式として確立した功労者でもあった。次の「菩薩蛮」は、十四首の中で最も代表的な一つであり、独りで閨房《けいぼう》にいる女性が、鏡を見ながら寂しさをうたったものである。

菩薩蠻

小山重疊金明滅
鬢雲欲度香腮雪
懶起畫蛾眉
弄妝梳洗遲

照花前後鏡
花面交相映
新帖繡羅襦
雙雙金鷓鴣

菩薩蛮

小山《しょうざん》 重畳《ちょうじょう》して 金《きん》 明滅す
鬢雲《びんうん》 度《わた》らんと欲す 香腮《こうさい》の雪
起きて蛾眉《がび》を画《えが》くに懶《ものう》く
弄妝《ろうしょう》 梳洗《そせん》すること遅し

花を照らす 前後の鏡
花面《かめん》 交《こもごも》 相映《あいうつ》す
新帖《しんちょう》 繡羅《しゅうら》の襦《じゅ》
双双《そうそう》 金の鷓鴣《しゃこ》

（大意）細い眉を顰めて、寝乱れた髪は、「額黄《がくおう》」を見え隠れにしつつ、雪のような白い頬にそっとふれる。起きて眉を画くことすらものうく、茫然と身づくろいをしながら、いったいどれほどの往事が心頭を行き来しているのか。

合わせ鏡に、お化粧の済んだ自分の顔をのぞいてみると、鬢に挿した花と、花のかんばせとが向かいあった。新しい刺繡を施した薄絹の上着を羽織ったが、金糸のつがいの鷓鴣《やまうずら》もようが目に映り、ふっといわれのない寂しさが胸にこみあげてきた。

「菩薩蛮」の格式は、次の通りである。

Ⅰ　四十四文字・小令《しょうれい》――前編は七文字が二句、五文字が二句。後編は五文字が四句。

Ⅱ　双調《そうちょう》――「如夢令」と違って、2コーラスからなっている。双調には、前編と後編の格式が全く同じものと、異なるものとがある。「菩薩蛮」の前編、後編は異なるので、旋律もおのずから違う。

Ⅲ　仄韻《そくいん》と平韻《ひょういん》とを交替して用いること――前編の第一、第二句は仄韻、第三、第四句は平韻。後編も同じく、第一、第二句は仄韻、第三、第四句は平韻（音韻については「付録」を参照）。

冒頭の「小山」は、これまで「屛風」の意味ともされてきたが、その理由は、切り立った山が

「屏山《びょうざん》」と言われたりするからだという。そのため、「重畳」は屏風の曲がる具合と見られ、「金明滅」も、朝日が屏風の金粉をキラキラと明滅させているということになった。

　しかしこの解釈では、やはり個々の言葉にとらわれ過ぎたため、逆に作品の主題が見えなくなってしまっている。

　この作品の主題は、閨房にいる女性の「顧影自憐《こえいじれん》」である。つまり、鏡に映る自分の麗しい姿を憐れみながら、女は身に滲みる寂しさを嘆いているのだ。冒頭の「小山」から、結びの「金鷓鴣」まで、温庭筠はすべての言葉をこの仕草にかけたのである。

　「小山」は、晩唐時期に流行した眉毛の描き方である。漢代の古文に、「眉色《びしょく》、遠山《えんざん》を望むが如し」（『西京雑記《せいけいざっき》』・劉歆《りゅうきん》の作品とされるが未詳）という表現があるように、女の美しい眉は、常に「眉山《びざん》」、「眉峰《びほう》」と讃えられてきた。温庭筠より時代は遅かったが、五代の文人――毛熙震《もうきしん》（紀元九四七前後に在世）も、「女冠子《じょかんし》」という作品で女性の眉を「小山の妝」と詠んでいる。とにかく、「小山」とは、細く淡く描かれ、時の流行に合った眉の形を指す。したがって、「重畳」もむろん「畳《たた》なわる屏風」ではなく、顰めた眉の誇張した言い方であったのだ。

　さて、「小山重畳」と同様に、「金明滅」も時代のファッションを語っている。六朝時代の女子は、額に黄金色を薄く塗るのを好んでいた。その「額黄《がくおう》」と呼ばれた化粧法は、晩唐までもてはやされていたらしい。温庭筠と同時代の詩人――李商隠《りしょういん》は、「蝶《ちょう》」という作品で、

「八字宮眉《きゅうまい》、額黄を捧《かか》える」

と詠んでいる。「八」の文字に似て、やや垂れ型の眉が、両側から額中心の黄金を抱えるという
ことであった。また、温庭筠本人も「照影曲《しょうえいきょく》」という作品で、「額黄」のことをアレンジして
「黄印額山《こういんがくざん》」と書いたが、同じく黄金色に塗られた額のことを指している。

つまり、「金明滅」は、乱れ髪から「額黄」が見え隠れしていることなのであった。この一句を
正確に理解した上で、次の句の意味が初めてはっきりしてくる。

「鬢雲《びんうん》　度《わた》らんと欲す　香腮《こうさい》の雪」

というのは、髪が額のみでなく、顔にもふりかぶっている様子なのだ。「香腮の雪」とは、雪の
ように真っ白な美しい頬を言う。

第三句の「懶」は、相思の情を抱えた女性の、なよなよとした姿の描写である。気分がものうい
ので、動作も自ずから遅くなる。第四句の「遲」は「懶」と呼応し、気だるさの中、光陰が流れ、
あまたの往事が悲喜を伴って心頭を掠めた光景を示している。

後編の「照花」から「相映」までの十文字は、合わせ鏡に映りあう花と顔を描いているが、花は
女性の顔を喩えるものだから、花と顔とが鏡に向かいあうことは、すなわち顔と顔とが見つめあう
ことだ。その鏡への一瞥から、「顧影自憐」の女性が抱えた寂しさは、余すところなく写されたの
である。

しかし温庭筠は、まだまだ筆をとめない。女性が何気なく手を伸ばして薄絹の上着を羽織った時

に、金糸で刺繍されたつがいの鷓鴣が鏡に映った。鷓鴣は、山鶉《やまうずら》に類し、胸に真珠のような白い斑点があり、背中に紫と赤の毛が交じる。その啼き声は、

「行不得也哥哥《シンプトイエココ》」

に聞こえると、古人は言う。「哥哥」とは、兄のことだが、女性が恋人を呼ぶ俗語でもある。この啼き声を現代語に訳すと、

「行っちゃいやよ、あなた！」

ということになる。仲の良い夫婦の象徴である鴛鴦ほどではないが、鷓鴣も古人の目には、愛に篤い鳥に見えたに違いない。そのつがいの鷓鴣は、女性の孤独を対照的に映し出しているのだ。

――自分と「つがい」になる男《ひと》は、いったいどこにいるのだろうか。

という愁嘆が、この結びの句に託されている。

作品は全編を通して、一字も寂しさに触れていない。しかしつがいの鷓鴣もようを見た瞬間、寂しさにうちひしがれた女の呻吟が聞こえてくるようだ。

温庭筠は、本名は温岐《おんき》といい、長慶《ちょうけい》三（八二三）年に山西太原《たいげん》の名門に生まれた。隋代の末年から唐代の初期にかけて、一族は政治舞台で目覚ましい活躍をしていた。しかし中唐以降、長い間の宦官専制によって国政が大きく歪められ、各地の節度使《せつどし》（地方の軍事、行政を司る長官）は相次ぎ中央の命令を無視して、それぞれなわばり争いに走る。唐の王朝は、明らかに衰弱の段階に入ってし

まった。温の一族も、時代の転落から逃れることができず、すでに名のみで実力のない家門となっていたのである。

若い時から、文学や音楽の才能にめぐまれた温庭筠は、大中六（八五二）年に三十歳で上京し、進士の試験を受けた。むろんおのれの文才を認めてもらい、官途を歩むためであった。

試験の場では、彼は八たび腕組みしているうちに詩ができるので、ついに「温八叉《おんはっき》」というあだなも得た。いかに作詩に長けていたかを物語っている。

しかし、温庭筠が生きた唐の後期ともなれば、ゆがんだ国政と同様に、試験の制度にも腐敗が生じる。実力より、要人の推薦が重んじられるようになっていた。そういった推薦を得るために、受験生と高官の間に、不正な接待や賄賂が日常のように行われていたのである。

そんな中、温庭筠は連年、試験を受けたにもかかわらず、いっこう受からない。後押しをする者がいなかったのである。たび重なる挫折を通して、彼はやがて官界にはびこる不正に怒りを覚えた。そして無謀にも、自分なりにその不合理の制度に挑戦しようと決めたのである。

その後も、温庭筠は相変わらず試験の場に通った。自分の詩をすばやく完成して、作詩に苦しんでいる隣の人たちへ手をかしたりした。つまり、人のカンニングを助けたわけである。

案の定、彼は試験をつかさどる「礼部」の役人に目を付けられた。大中九（八五五）年の試験では、沈詢《しんしゅん》という礼部の責任者は、

——温岐の近くには空席をおき、その挙動を厳重に監視すべし——

という命令まで部下に出した。それでも、温庭筠は千文字ほどの長詩をつくったうえ、監視の目を盗んでまわりの八人に手をかしたらしい。その中に及第する者もいたようだが、彼自身は依然として受からなかった。しかしここまでくると、温庭筠にとっては、合格への期待よりも、礼部の役人どものしかめ面やあわてた様子をながめることが楽しみとなってきた。言い換えれば、有力なバックを持たぬ彼には、官界の不正を暴く力がないため、ついに弱者の復讐に出たのである。言うまでもなく、その復讐のために、彼は大きな代償を払ったわけである。中央の官界は総動員して、いろいろな角度から温庭筠の進路を塞ぎ、ついには彼に、

「攪乱場屋《かくらんじょうおく》」

というレッテルをはった。「攪乱場屋」というのは、つまり試験の場を乱した者をいう。こうなった以上、温庭筠がいかに実力を持っているにしても、科挙を通して世に出ることはすでに不可能となった。

子規の啼き声に、麗しい楚や蜀の山水へ導かれ――五言絶句・「碧澗駅の暁思《へきかんえきのぎょうし》」（晩唐・温庭筠）

大中十二（八五八）年、温庭筠は目下の窮境を打開するため、湖北へ行き、地方長官の徐商《じょしょう》に身を寄せる。巡官という低位についたが、地方の民意を調べたり、秩序の維持に協力したりするため常に旅できることは、彼の詩人としての心を慰めていた。

それから四年後、温庭筠は上官の推薦状を抱えて長安に戻った。咸通《かんつう》七（八六六）年の春、度重

なる努力により、彼は念願の国子監《こくしかん》に就職でき、助教に任じられた。国子監とは、国立の最高学府を言うが、そこで助教になることは、多くの文人の夢でもあったのだ。

しかし『旧唐書《くとうじょ》』に、同年の末に温庭筠は当時の宰相——楊収《ようしゅう》に怒られ地方へ追われたとの記述がある。理由は書かれていないが、近年の研究によれば、温庭筠が学生たちの時事を批判した詩文に感動し、公表したために、当局の怒りを買って国子監を追われた事実がわかった。社会の暗黒面を暴露してそれを質すことこそ、温庭筠にとって文学の真価であったが、むろん為政者側はそんなことを許すはずがない。上層部は全力を挙げて温庭筠の封殺にかかったのである。そこで、温庭筠は職を奪われまたさすらいを始めなければならなかった。

次の五言絶句は、傷ついた彼が湖北の麗しい山水を思って詠んだものである。

碧澗驛曉思　　碧澗駅の暁思

香燈伴殘夢　　香灯《こうとう》　残夢《ざんむ》を伴い
楚國在天涯　　楚国《そこく》　天涯《てんがい》に在《あ》らん
月落子規歇　　月落ちて　子規《しき》　歇《や》み
滿庭山杏花　　庭に満つ　山杏花《さんきょうか》

（大意）ともしびはゆらめきながら、消えない夢を照らし出す。さすらいの魂を喚びかけてやまぬ楚の国は、今は天の果てにあるのだろう。月は落ちた。一晩中も、
「思帰《スークエイ》、思帰」（帰りたいよ、という意）
と啼きたてた子規は、ようやくその悲しげな歌をやめた。窓越しにおぼろげな暁をのぞけば、いつの間にか、山杏花がもう庭いっぱいに咲いていたのだ。

起句の「残夢」は、題の「暁思」と呼応した表現である。目が覚めたのに、夢はまだ心頭から消えないという。「孤灯」でなく、「香灯」から詠み起こしたところを見ると、さすが艶美な表現に長けた温庭筠だと、わたくしは感嘆を禁じ得ない。寂しさを直写する「孤灯」より、艶やかな「香灯」は却って孤独の匂いを醸し出しているからである。

「碧澗駅」がどこにあるかは考証できないが、承句を読めば、「楚国」から遠く離れていることは想像できる。「楚国」とは、湖北、四川のあたりを指しており、温庭筠が長い間、勤務しつつ旅をした地方である。その「楚国　天涯に在らん」という感嘆に、過ぎ去りし日々への回想がこめられ、また希望と挫折との入り混じった切ない芳りが漂っている。

転句の「子規」は、思帰鳥《しきちょう》とも呼ばれる。その啼き声が、
「思帰《スークエイ》、思帰！――帰りたいよ、帰りたいよ！」
というふうに聞こえるためだ。名も知らぬ駅で、温庭筠の夢は、一晩中つづいた子規の悲しげな

啼き声に遥か楚の国へと導かれた。麗しい楚や蜀の山水風土は、都で絶えず排斥に遭って志破れた彼の詩魂に、今もなお潤いを与えつづけている。

――いつか、楚国へ帰りたい！

と、彼は思ったのに違いない。

その後、温庭筠はさすらいをつづけ、とうとう不遇の中、四十四歳で世を去った。死を迎えたのは、河南から湖北へ向かう途中であった。

生前の彼が官界の不正に楯突いたため、死後も「士行塵雑《しこうじんざつ》」の汚名を背負わされた。文士としての誉れを自ら汚したというのである。それでも、彼の作品が放つ異彩はいつまでも消えない。時には哀切な低吟になり、時には燃えさかる炎となる。読む人の心を、やさしく、あたたかく包みこんでくれるのである。

さすらう人を思いつづける女の情念――七言絶句・「瑶瑟怨《ようしつえん》」（晩唐・温庭筠）

もう一首、温庭筠の七言絶句を取りあげておく。

瑤瑟怨　　瑶瑟怨

冰簟銀床夢不成　　冰簟《ひょうてん》　銀床《ぎんしょう》　夢成《な》らず

碧天如水夜雲輕
雁聲遠過瀟湘去
十二樓中月自明

碧天《へきてん》　水の如く　夜雲《やうん》軽《かろ》し
雁声　遠く瀟湘《しょうしょう》へ過《わた》り去《ゆ》く
十二《じゅうに》楼中《ろうちゅう》　月自《おの》ずから明らかなり

（大意）ひんやりとした花筵《はなむしろ》、銀色の月光を浴びる臥床。今夜はちっとも眠れないから夢をみることすらできない。雲を軽やかに浮かべる夜空は、海のように青くて深い。ふと、静寂を破る雁の鳴き声が聞こえた。おまえたちも遠い南国の瀟湘へゆこうとしているのか。雲漂い雁去り、静かな高楼に残されたわたし。お月さまの光は、遠くの人を思いつづけるこの心をただ無言に照らしているのみ。

『詩経』の「小雅・常棣《じょうてい》」に、

「妻子《さいし》好合《こうごう》して、瑟琴《しっきん》を鼓《こ》するが如し」

という句がある。夫婦の愛を美しく響きあう琴（七絃の琴）と瑟（二十五絃の大琴）に喩えている。それを踏まえて、後世の詩人が愛しあう夫婦のことを、

「琴瑟諧和《かいわ》して百年を願う」

というふうに歌ったものは枚挙に勝えない。わかりやすく言えば、つまり男が琴で女が瑟なのだ。しかし、この作品の題は「瑶瑟怨」という。玉で飾られた美しい瑟であるのに、何故か怨めし

い雰囲気に浸っている。とすれば、この瑟には「諧和」する琴がなく独り高楼に残されているということだ。

起句は、眠りにつけない女が、愛する人に逢う夢を見ることができない怨めしさを語っている。見上げれば、水の如き碧空に雲は悠々と浮かんでいる。水は文学の世界では、しばしば女性の愛情を形容するために用いられていた。

「柔情似水——柔情、水のごとし」

というのは、女性の愛から水に似た柔らかく、甘美なものを夢見た表現である。

一方、戦国末期の詩人——宋玉《そうぎょく》の名作「高唐賦《こうとうふ》」に、楚王と一夜の契りを結んだ巫山《ふざん》女神の言葉として、

「旦《あした》は朝雲《ちょううん》となり暮れは行雨《こうう》となる」

と書かれているので、「雲雨《うんう》」はそれから男女間の性愛を意味する言葉となった。眠れぬ女主人公は、「水」のようなやさしい気持ちを抱えながら、愛する人と過ごした甘美な時を思い焦がれた。前半はこうして、もの思いに耽る女性の姿を活写している。

湖南省の南を流れる湘水《しょうすい》が、零陵《れいりょう》の西で瀟水《しょうすい》と合流するので、そのあたりは「瀟湘《しょうしょう》」と呼ばれる。言い伝えによると、風光秀麗の瀟湘は、冬季に南へ飛ぶ雁の終着地であるという。李白の「南のかた夜郎へ流されて内《つま》に寄す」ですでに触れたが、雁は人間の思念や消息をとどける鳥なのだ。転句は、季節と場所を明らかにしている。季節は深秋、女性が雁が飛び立とうとする北方にお

り、思いを寄せる男が瀟湘の方面にいるというのである。

結びの「十二楼」は、『神仙伝』（晋・葛洪《かっこう》）の一節を踏まえたものと言われれている。

「崑崙《こんろん》　閬風苑《ろうふうえん》に玉楼《ぎょくろう》十二有り」

というのは、伝説の仙山にある神々の住まいを指す。しかし清代に編纂された『唐詩三百首』（蘅塘退士《こうとうたいし》孫洙《そんしゅ》）は、「十二楼」を長安の建物としつつ、温庭筠が六朝の詩人——呉均《ごきん》の、

「雍台《ようだい》十二楼、楼楼《ろうろう》憂えて相望《あいのぞ》む」

という表現を踏まえているのではないかと指摘している。立派な建物ではあるが、高楼と高楼が寂しげに見つめあっているという意味である。わたくしはこの二つの解釈とも的を射ていると思う。「十二楼」は仙人の住まいでありながら、静まり返った長安のある建物群を暗示しているのだ。

さて作品は「夢成らず」のほか、すべて物か景色かを詠んでいる。また題を除いて全く瑟に触れていない。したがってここの瑟は楽器ではなく、単なる女性の象徴として用いられている。創作時期は、詩人が湖南、湖北を行き来した頃だった。女主人公は不明であるが、温庭筠が文学の啓蒙をし、深く交わっていた女流詩人であり、長安の咸宜観《かんぎかん》（道教の寺院）にいた女道士の魚玄機《ぎょげんき》ではないかと、わたくしは思う。「十二楼」は、そういう神仙世界のシンボルとも見られる道観を暗示したものだ。とすれば、不在の琴は生きるため湖南、湖北をさすらう温庭筠自身になり、独り残された瑟はその自分を思いつづける長安の魚玄機だということになる。

夜空に響く雁の鳴き声は深秋の寒さとともに肌に滲みる。遠くへ去ってゆく雁に、彼女は心底の

願いをかけた。わたしの思いを瀟湘にいるあの人に伝えておくれ、帰ってきて欲しいと。深い思念に浸った女の姿は明月に照らされ、玉の瑟のように妖しく美しく光った……

別れた妻に送る切ないうた――宋詞・「釵頭鳳《さいとうほう》」（南宋・陸游《りくゆう》）

中国の詞壇には、「婉約派《えんやくは》」、「豪放派《ごうほうは》」という二つの流派があったと言われている。明の文士――張綖《ちょうえん》（一五一三年前後に在世）は、その著書である『詩余図譜《しよずふ》』で次のようなことを言っている。

「婉約派は、その調べをおだやかで雅なものにしようとするが、豪放派は、雄大に描くことにつとめる」

言い換えれば、詩人にはそれぞれ「軟派」か「硬派」の素質があり、それにしたがって作品の雰囲気がおのずから違ってくるということである。以来、「婉約」と「豪放」という言葉は、詩作や詩人を見分ける定規とされてきた。しかし思うに、「豪放派」は必ずしも生涯すべての作品を雄大に詠むとは限らない。おのれの流派、固有の技巧を超えて詠まれたものは、往々にして人の意表をつくほど、心をうつ傑作であった。南宋の豪放詩人――陸游の「釵頭鳳」は、まさしくこのような一首である。本文に入る前に、まず「釵頭鳳」という「詞牌」の格式を記しておく。

Ⅰ　六十文字・中調《ちゅうちょう》――前編は三文字が二句、七文字が一句、三文字二句、四文字が二句、三文字が一句。後編は前編と同じ。

II　双調《そうちょう》――2コーラス。前編と後編の格式が全く同じ。

III　仄韻《そくいん》を用いること――前編、後編は、それぞれ第六句（前編の「一懐愁緒」、後編の「山盟雖在」）を除いて七つの仄韻を用いる。

釵頭鳳　　釵頭鳳《さいとうほう》

紅酥手　　紅酥《こうそ》の手

黄縢酒　　黄縢《こうとう》の酒

満城春色宮墻柳　　満城《まんじょう》の春色　宮墻《きゅうしょう》の柳

東風悪　　東風　悪《あ》しく

歓情薄　　歓情《かんじょう》　薄し

一懐愁緒　　一懐《いっかい》の愁緒《しゅうしょ》

幾年離索　　幾年の離索《りさく》

錯錯錯　　錯《さく》　錯　錯

春如舊　　春は旧《きゅう》の如《ごと》きも

人空瘦
涙痕紅浥鮫綃透
桃花落
閑池閣
山盟雖在
錦書難託
莫莫莫

人は空しく痩せ
涙痕《るいこん》は鮫綃《こうしょう》を紅《くれない》に浥《うるお》して透《とお》る
桃花《とうか》 落ち
池閣《ちかく》は閑《しず》かなり
山盟《さんめい》 在《あ》りと雖《いえど》も
錦書《きんしょ》は託《たく》し難《がた》し
莫《ばく》 莫 莫

（大意）黄色い紐で結わえられた、酒が入った瓢をそっと持ち上げて、君の手は美しくなめらかだった。城は春の色に満ち、紅い宮垣から緑をたたえた柳の枝が覗いている。しかし思いも寄らず、春風は狂ったかのようにわたしたちを深く傷つけた。歓びが遠のき、別れの時が来た。残っているのは胸溢れるような痛みと、何年経っても消えない君への思い。いったい、運命はどうしてこんなに無情だったのだろうか。

春は昔と変わらないが、君はいたずらに痩せ細っている。やつれた頰から落ちる涙は、綾絹の襟元を濡らし透かして紅に染めた。ああ、桃の花は散り、池辺の楼閣はひっそりと佇む。昔日の誓いがまだ胸に刻まれているが、それを君に伝えることはもうできまい。すべてが過ぎ去った今、わたしが独り心を痛めて果たして何になろう。

陸游は、宋の宣和七（一一二五）年に生まれ、嘉定三（一二一〇）年に没している。字を務観《むかん》といい、号を放翁《ほうおう》と称し、越州《えっしゅう》（浙江省紹興）山陰の人である。南宋の紹興《しょうこう》年間（一一三一～一一六二）に進士に及第したが、悪名高い宰相――秦檜《しんかい》の嫉みによって落とされた。秦檜が死んだ後、陸游は孝宗帝から進士を賜り、鎮江《ちんこう》（江蘇省鎮江）、隆興《りゅうきょう》（江西省南昌《なんしょう》）各地の通判を歴任した。通判とは、宋の初期にもうけられた官職である。州や府の長官に次ぐ地位だったが、地方官吏の公務を監察するという任務を与えられていたため、恐れられる存在でもあったようだ。乾道《けんどう》八（一一七二）年から、陸游は更に軍職に転じ、緊迫した時代の先頭に身を置いていた。

南宋時代、中国は東北で勃興する女真族の国家――金との衝突でずっと苦しめられていた。領土が奪われ、人民が生命、財産を失う。なのに為政者たちはただ南方に縮まり、酔生夢死の日々を送っていた。詩人としての陸游は生涯、官途を歩みながら、九千首を超える詩文を遺しているが、われわれはその作品から、朝廷の腐敗、軟弱に対する憤りを見出さずにはいられない。その多数を占める作品に顕れた国を救う志こそが、後世あまたの文人を感動させたのである。

しかし、「釵頭鳳」はそれらの憂国詩とは違って、詩人自らの不幸な婚姻を切なくうたっている。陸游は二十歳で結婚したが、妻の唐氏は名門の令嬢で詩文をよく解していた。夫婦の間は睦まじく恩愛が深かった。だがいつの間にか、姑は二人の愛を妬み、唐氏に憎悪のまなざしを向けるようになった。陸游は、母親に理解を哀願したのだが、聞き入れてもらえなかった。儒学を信奉する中国では、親孝行は最高の美徳とされていた故、父母の命令は絶対に逆らってはいけないものだった。

沈園に立てられている「釵頭鳳」の碑

陸游もやがて母親の意志に抗しきれず、とうとう唐氏と離縁をさせられてしまったのである。

数年が経った。陸游はある日、紹興城内の沈園《しんえん》に遊んだが、思いがけず、すでに再婚し、夫と連れ立って沈園を訪れた唐氏と出くわした。その夜、唐氏は陸游のもとに酒と肴をとどけさせ、過ぎ去りし歳月への思いをひそかに伝えた。それを受け取った陸游は、追想のつらさに堪えず、酔いに乗じてこの「釵頭鳳」を沈園の壁に題したのである。

昔日、母親の命に屈して愛する妻を手放した悔恨が行間に滲み出ている。古来、慈母の象徴であるはずの「東風」が「悪しく」と詠まれたように、息子の幸せを考慮せず、ただ自分の好悪に任せて親の威儀をふるった母を怨む気持ちも顕れている。のちにこの作品を読んだ唐氏は、同じ「釵頭鳳」という題で、「怕人尋問、咽涙装歓」（人に尋問されるを怕《おそ》れて、涙を咽《の》んで歓びを装う）と詠み応えた。人の妻になった今は、あなたのことを思い悲しんでも、夫に尋ねられるのを恐れて笑顔を装わなければならないという、彼女の深い哀傷をつづったものである。

わたくしは先年、江南を旅して紹興の沈園に至った。陸游の詠んだ如く、桃の木が立ち並び、池辺の楼閣が佇んでいる。しかし、それらの景色よりもわたくしの心に訴えたものがあった。陸游、唐氏の「釵頭鳳」二首が、彼らの悲恋に感動した後人によって石碑に刻まれ、左右に並べて立てられているのだ。二人は生きて夫婦愛を全うできなかった。しかし「釵頭鳳」を以て、死してなお相思の情を語りあいつづけてきたのである。

月を眺めて君を思う——五言律詩・「望月懐遠《ぼうげつかいえん》」（盛唐・張九齢《ちょうきゅうれい》）

月をうたう名作はたくさんある。漢の「明月何《なん》ぞ皎々《きょうきょう》たる」（詠み人知らず）、初唐の詩人——張若虚《ちょうじゃっきょ》の「春江《しゅんこう》花月《かげつ》の夜」、李白の「静夜思《せいやし》」、杜甫の「月夜《げつや》」、宋の蘇軾《そしょく》の「水調歌頭《すいちょうかとう》」などがまず挙げられるが、それらの作品には一つの共通点がある。それは、月を眺めるという行為に、愛する人、または故郷への思念が託されていることである。

中国人は果たして、何時から月に対してこのような気持ちを抱きはじめたのか。この課題を突きとめるには、厖大な資料が必要となるので、ここでは避けたい。ただ最も典型的な例を挙げようとすれば、まず「嫦娥《じょうが》奔月《ほんげつ》」の伝説にほかならないと思う。

嫦娥は、美人の象徴でもある。夫が西王母《せいおうぼ》（仙女たちを従えて、崑崙山《こんろんざん》に住む女神）から授かった不死の薬を盗み飲んで、彼女は月に奔り神となった。だが不死の身にはなったものの、月に閉じこめられた毎日はやはりつらい。なにしろ、月にいるのは彼女のほか、月桂の樹を切るしか能のない呉剛《ごごう》という男だけなのだ。しかもその樹が、倒れかかっては必ず元に戻る。過ちを犯した呉剛に、天神が下したむごたらしい罰であった。晩唐の詩人――李商隠《りしょういん》も「嫦娥」という絶句で、月へ来たことを後悔し、夜な夜な思念に苦しむ嫦娥のことを描いている。

ところで、嫦娥伝説に関する最古の記載は、一般的には漢の劉安《りゅうあん》（紀元前一七八?～一二二）の著『淮南子《えなんじ》』と言われている。民間に生まれた伝説は、このような文人の筆によって潤色され、やがて更に広められていったのである。それ以来、月の神であった嫦娥は、人の世を見つめつづける孤独の化身になった。満ちたり欠けたりする月そのものも、人間の離合集散の象徴となり、孤独を抱える人々のさまざまな情感を喚起するようになったのである。

「望月懐遠」とは、月を眺めて遠くの人を懐うという意味である。この五言律詩は、これまでに挙げた月をうたう数々の名作に勝るとも劣らない一首である。

望月懐遠　　望月懐遠《ぼうげつかいえん》

海上生明月　　海上　明月を生ず

天涯共此時
情人怨遙夜
竟夕起相思
滅燭憐光滿
披衣覺露滋
不堪盈手贈
還寝夢佳期

天涯《てんがい》 此《こ》の時を共にす
情人《じょうじん》 遥夜《ようや》を怨み
竟夕《きょうせき》 相思を起こす
燭《しょく》を滅《け》して 光の満《み》てるを憐れみ
衣を披《かつ》ぎて 露の滋《しげ》きを覚ゆ
堪えず 手に盈《み》たして贈るに
寝《しん》に還《かえ》りて 佳期《かき》を夢みん

（大意）海の上に一輪の明月が昇り、その純潔な光を天地山河にあまねく撒きそそいだ。遥か彼方にいる君もきっと、月光を浴びながらこのおごそかな一刻をわたしと分かちあっているのだろう。深い思念を抱いて夜の永きが怨めしく、一晩中、ひたすら遠くへ遠くへこの胸あふれる愛を寄せて……。

ともしびを消して、十五夜の月をめでる。いつの間にか、羽織っている衣が暁の露にしっとりと濡らされた。麗しい月よ、あなたの光を両手で掬いあげて遠方の人に贈ることができないだろうか。さまざまな思いをめぐらしているうち、東方の空はもうほのかに夜明けを告げている。いっそ部屋に戻り、夢の中で愛しい君に逢いたい。

作品は、海上の明月から詠み起こされる。平淡な表現ではあるが、広大、かつ荘厳な夜景を呈している。「天涯」は、題の「遠」と同義で、「遠くの人」を意味する。首聯は、遠く離れた人と、せめて同じ月を眺めながら「此の時」をともに過ごしたい、という思いを描き出している。

頷聯の「情人」は、次の「相思」にかけて、「遠くの人」を思う自分を言い、また自分を思っている「遠くの人」をも指す。「竟夕」とは、夜を明かすことである。ここまでの前半は、概して言えば、月に喚起された「情」をめぐって展開されている。

頸聯の「滅燭」は、六朝の詩人——謝霊運《しゃれいうん》（三八五〜四三三）の、

「華燭《かしょく》を滅《け》して暁月《ぎょうげつ》を弄す」

という句の意を踏襲しているので、「竟夕」と合わせて、いよいよ暁が訪れたという時間の流れを暗示しているのだ。前にも触れたが、「用事」という技法は、読む人に古典への連想を働かせ、短い詩文により深い味わいをもたらすものだ。ある意味では、古典にくわしい人しか味わえない旨味とも言えるが、しかし、『詩経』から楽府、更に南北朝までの名作は、盛唐時代の知識階級にとっては欠かせない教養で、極めて普遍的なものになっていたため、多くの詩人が好んで使ったのではないだろうか。

「光満」とは満月を指すが、「憐」は、消えゆく麗しい月を少しでも留めておきたい心情であった。「披衣」の句は、露に濡らされつつも、月と向かいあっている詩人の限りない寂寞を写し出している。

尾聯に、「用事」の技法は再び行われている。晋代の才子――陸機《りくき》（二六一〜三〇三）は、「明月、何ぞ皎々たるを擬す」という作品で、

「之《これ》（月光のこと）を攬《と》れば手に盈《み》たさず」

と詠んでいる。月光を手に攬りたいが、どうにもならないことを嘆いたのだ。張九齢は、陸機の表現をいっそうふくらませ、

「月光を手に掬って遠方の人に贈りたいのにできない」

という、あせりともあきらめともつかない気持ちを表したのである。

最後の句にある「還寝」について、ちくま学芸文庫の『唐詩選』（吉川幸次郎・小川環樹編／今鷹真・筧文生・入谷仙介・福本雅一訳）は、

「還《ま》た寝《い》ねて」

と読み下し、「もういちどねて」と訳している。この一句だけを切り取って読むなら、そう読めないわけでもないが、しかしやはり個々の言葉に目を配った反面、全体の文脈と、そこに躍動する詩心を見落としている嫌いがある。「還」には、副詞の「還《ま》た」と、動詞の「還《かえ》る」という使い分けがある。詩人は月が海上に出た時から、「相思」を抱いて眺めつづけてきた。一睡もしていない人なのに、「もういちどねて」とは言わないのではないだろうか。

「遥夜」、「竟夕」を経て、この時はすでに夜明けであった。暁天に隠れてゆく月を見とどけるより、詩人はいっそ部屋に還り、意中の人と逢う夢を見たいと思った。したがって、「還寝」とは、

「寝屋に還る」ことを指しているのだ。「還る」という表現によって、夜通しで戸外にいたことが却って強調される。作品は「佳期」の夢を見たいという詩人の悲願の中で、いよいよクライマックスを迎えたのである。

張九齢は、儀鳳《ぎほう》三（六七八）年に、広東省曲江の平民家庭に生まれたのだが、のちには宰相までつとめた開明派の政治家でもあった。しかし、彼が宰相の位についた開元二十二（七三四）年は、玄宗李隆基が即位して二十五年目にあたる。最盛期に達した国力に、玄宗はすっかり満足していた。その自慢心理につけこんだ野心家——李林甫《りりんぽ》は、同二十四（七三六）年に宰相に抜擢され、国家の権力を一手に握るが、代わりに、国家の大事に関しては常に直言してきた張九齢はうるさがられ、とうとう地方へと追いやられた。

『新唐書』（北宋・欧陽修《おうようしゅう》等）によれば、張九齢は東北で勢力を伸ばしつつある安禄山の野心を見抜いて、幾度も彼を成敗するよう玄宗に切願したにもかかわらず退けられたという。かつての明君であった李隆基は、ごますりの連中にかこまれ、繁栄の裏に隠された危機に目を配ろうとさえしなくなっていた。

張九齢はのち、ふるさとへ帰り、開元二十八（七四〇）年に六十八歳で逝去した。それから十五年が経ち、天宝十四（七五五）年の末に、唐の国家を大きく揺るがした「安史の乱」が起こったのである。

君への想いは、秋の雨に溢れる池に似て――七言絶句・「夜雨《やう》、北に寄《よ》す」（晩唐・李商隠《りしょういん》）

李商隠は、唐の元和八（八一三）年に生まれ、字を義山《ぎざん》という。その血筋をたどれば、隴西《ろうせい》（甘粛省）から勢力を興した唐の皇室と同じ氏族であったことがわかる。だが商隠の代になり、その一家はすでに落ちぶれて滎陽《けいよう》（河南省滎陽県）に移住し、皇室とも何のつながりも持たなくなっていた。

李商隠は多くの文人と同様に、幼い時から文を善くしていた。その少年の才能を見込んで、門下に入れて厚く遇したのは、有名な文士で高官だった令狐楚《れいこそ》である。

開成二（八三七）年、商隠は令狐一族の推薦により、二十五歳の若さで進士に及第した。のちには秘書省の校書郎《こうしょろう》や県尉《けんい》などを歴任する。『新唐書』の「百官志《ひゃっかんし》」によれば、唐代では、校書郎は秘書省に二名もうけられ、従九位上で書籍の校正などを司る官職という。ところで、県尉は地方の治安を維持する官職であるが、現代の警察官と似ている。詩人でありながら警官をつとめるとは、今の感覚ではどうも腑に落ちない。しかし唐代では、科挙出身の文人は、実に数多くそのような途をたどっていたのだ。

進士に及第した年の冬に、恩師の令狐楚は世を去ったが、翌年、李商隠は涇原《けいげん》節度使――王茂元《おうもげん》の幕下に入る。王は商隠の文才を愛し、やがては娘を彼に嫁がせたのである。一見、官界における船出は順調のようであったのだが、しかしこの幸せな婚姻が、おのれの政治生涯に厄運の種を播いてしまうとは、李商隠は思ってもみなかった。

唐の長慶元《ちょうけい》（八二一）年から大中《だいちゅう》三（八四九）年にかけて、史上に言う「牛李党争《ぎゅうりとうそう》」は二十九年の長きに及び、時の名士たちを悉く巻き込んだ。「牛李党争」とは、牛僧孺《ぎゅうそうじゅ》と李徳裕《りとくゆう》を中心とする二つの権力集団の間に引き起こされた仁義なき権力争いを言う。李商隠もその狂おしい濁流に巻きこまれた。恩師の令狐一族が牛派の主将で、岳父の王茂元が李徳裕麾下の一員であった。李商隠は二つの勢力に挟まれて、喘ぎ苦しまずにはいられない。その上、彼は世間の非難の的にされてもいたようだ。

史書によれば、令狐楚が亡くなった後、その息子の令狐綯《れいことう》はやがて高位についたが、自分の政敵の部下になり、更にその娘を妻にした李商隠を「恩に背いて徳行なき」者として憎んだ。そのため、商隠は「薄情忘恩」の汚名を背負わされ、官界では絶えず排斥に遭う。とうとう四十六歳の若さで、一身の文才を虚しく抱えて世を去ったというのである。

李商隠は杜牧と名を並べて、「晩唐の李杜」と称されている。盛唐の李白、杜甫に準えてつけられたものである。それほど、詩人としての誉れが高かったのだ。今日に伝わる彼の作品は、『全唐詩』にある三巻、『全唐文』にある十二巻、及び『唐文拾遺』にある一文である。次の「夜雨《やう》、北に寄《よ》す」は、彼が大中五（八五一）年の秋、東川《とうせん》節度使の幕僚として巴山《はざん》（四川省の東部）に赴任して間もなく詠んだ絶句である。

夜雨寄北

君問歸期未有期
巴山夜雨漲秋池
何當共剪西窓燭
却話巴山夜雨時

夜雨、北に寄す

君 帰期《きき》を問うも 未だ期《き》有らず
巴山《はざん》の夜雨 秋池《しゅうち》に漲《みなぎ》る
何当《いつ》か共に西窓《せいそう》の燭《しょく》を剪《き》り
却《かえ》って巴山夜雨の時を話《かた》らん

(大意)「何時お帰りになるのでしょうか」と、君はたずねてよこしたが、まだわたしにさえその時期はわからない。巴山のあたりに降りしきる夜の雨は、秋の池に水を漲らせて、わが心に君への思慕を溢れさせようとしている。何時になったら、君と西の窓辺で寄り添って、灯心を切りながら、巴山の夜雨に耳を傾けているわたしのこの思いを、語り聴かせることができるのだろうか。

宋代に編纂された『万首唐人絶句』にあるこの作品は、「夜雨、内《つま》に寄す」という題がつけられている。とすれば、この絶句は妻の王氏に送ったものと考えてよかろう。大中五年と言えば王氏の没した年である。今までその月日は不詳とされていながらも、およそ夏か秋と見られている。李商隠が巴山に赴いたのは同年の秋だったので、夏が過ぎているのは言うまでもない。また詩文からみれば、秋の池が漲ったその時期に、王氏がまだ存命していることも明白だ。したがって王氏の死が、早くても大中五年の深秋か冬でなくてはならないと、ほぼ推定できると思われる。確かに、王氏の死が夏か秋か、あるいは冬であったのかという違いは、李商隠の作品や人生を理解するのにさほど大きな影響を与えることはない。しかし「夜雨寄北」が、すでに重病を抱えた王氏に送ったものであれば、われわれは、詩人の妻に対する思念をいっそう深くて切ないものと読みとるべきではないだろうか。

さて、詩人はその思念を、まず逆に妻の口を借りて冒頭の一句に言い表す。また二句目では、自分の尽きない恋慕を秋の雨に溢れる池水にたとえて、遠く離れた二人の思いあう心を詠みあげた。後半の「共に西窓の燭を剪る」という表現は、過ぎ去りし日々への温かい回想であり、未来の再会に対する切なる願望でもあった。その時になればきっと、今この胸に充ちた寂しい思いを君に伝えることが出来よう。この結びは、重病にかかっていながら昼夜分けず、おのれの帰りを待っている妻を慰めると同時に、空間、時間の隔たりや官界の非情さを超えて、詩人自身の心を支えた限りない愛を深い余韻とともに写し出している。

李商隠が世を去ったのは、王氏の死から七年が経った、大中十二（八五八）年のことであった。

Ⅳ　友情の賛歌

愛と友情の象徴——五言絶句・「相思《そうし》」（盛唐・王維）

盛唐に時めく詩人の群像の中、王維はとりわけ多才な一人であった。書画をよくし、琵琶の名手でもあった彼は、歌うための詩をたくさん創っていた。その音楽、美術における高い素養は、彼の詩風に典雅の味わいと華美の色彩を与えている。「相思」は、王維の作品の中で最も広くうたわれた一首である。

相思　　　相思《そうし》

紅豆生南國　　紅豆《こうとう》　南国に生じ
春來發幾枝　　春来《しゅんらい》　幾枝《いくし》か発す

願君多採擷　願わくは君　多く採り擷《つ》めよ
此物最相思　此の物　最も相思せしむ

（大意）紅豆は南の国に生まれ、春になれば少しずつ枝に実をつける。君よ、いっぱい摘み給え、
　紅豆は最も人を思う気分をさそうものだから。

紅豆は、中国南方が産地で、根幹の白い樹木に生る実である。半分が珊瑚色、半分が黒という色鮮やかな豆は、古くから薬草や装飾品に使われていたが、それにまつわる美しく悲しい物語があった。

遠い昔、ある女性は戦に行かされた夫の帰りを待ち望んで、来る日も来る日も古木の下に佇んでいた。しかしやがて迎えたのは、夫の帰還どころかその戦死の知らせだった。泣き悲しんだ彼女の目から、血のような紅い涙が流れて古木の根に滴る。悲しみの果て、彼女は愛する夫の後を追ったが、古木の枝からこれまで見たこともない紅い豆が実り始めた。紅い豆は、彼女の愛と命を痛んだ古木が、彼女と同じ紅い涙を流して実らせたものだ、と人々は思った。それ以来、紅い豆は「紅豆」と呼ばれ、「相思子《そうしし》」という異称を持つようになった。また首飾りや耳飾りに使われ、人を思う気持ちを表すものになったのである。

唐の范攄《はんちょ》（紀元八七七年前後に在世）による説話集『雲渓友議《うんけいゆうぎ》』や、宋の尤袤《ゆうぼう》（一一二七〜一一九四）が編纂した『全唐詩話』に、この作品が収められているが、それらによれば、盛唐の名高い歌手——李亀年《りきねん》は兵乱を避けて、湖南のあたりをさすらいながら「相思」をうたい、聴く人々を感動させたという。

李亀年は、かつて宮廷歌手として玄宗皇帝に仕えていた。一方、開元九（七二一）年に進士に及第した王維も、しばらく宮廷の雅楽を司る大楽丞《だいがくじょう》としてつとめていたので、同じ音楽家として宮仕えした二人の間に親交があったことは想像に難くない。ちなみに、この作品には「江上、李亀年を送る」という別題もあり、友情のために詠まれたものと考えていいだろう。

またテキストによっては、「春来」が「秋来」となったり、「多く採り擷《つ》めよ」が「採擷《さいけつ》を休《や》めよ」となったりする。実をつける時期が「春」から「秋」に変わっても、詩の意味はさほど変わらないと思うが、しかし「多く採り擷めよ」が「採擷を休めよ」にでも変わったら、意味はだいぶ違ってくる。つまり紅豆を摘んだら、君は人を思うことに苦しむからやめなさいというわけなのだ。

残念ながらどちらが正しいか、今となっては考証できない。しかしこの作品が、李亀年によって戦時中に広められていたことから考えれば、異本が出回っていることも不思議には思えない。もしかして、「採擷を休めよ」という詠み方は、戦乱に苦しんだ歌手李亀年によるアレンジなのではないか。なぜなら、逢えないとわかっていながら相思の情を抱えるのはあまりにもつらい。むしろすべて忘れてしまったほうが楽だというのも人の常であるからだ。

それでもわたくしは、やはり「多く採り擷めよ」を取りたい。理由は二つある。まず、「相思」は王維の作品において最も民間人に親しまれた一首であり、中国では老幼を問わず諳んじることができているのに、「採擷を休めよ」の詠み方は全く知られていないということだ。第二、この作品は「相思」をうたいながらも、実に高い透明度と一種のすがすがしさを持っている。この明快な基調に、「多く採り擷めよ」という前向きの姿勢こそふさわしいということである。

――春になったら、紅豆をたくさん摘んでわたしを思い出して欲しい。王維は友人に懇願しつつ、そして自分も決して友人を忘れたりはしないという意を伝えたのである。

王維は、字を摩詰《まきつ》という。聖暦《せいれき》二（六九九）年前後に、山西省永済《えいさい》の官吏の家庭に生まれ、上元二（七六一）年に没している。稀世の才能をもって、彼は幼い時から王侯貴族と交遊し、上流階級の文芸サロンに出入りしていた。開元《かいげん》九（七二一）年、王維は進士に及第して官途を歩み始めるが、人の讒言によって都から追い出されたりすることが幾たびもあった。更に「安史の乱」では賊軍の手に落ち、その賊の首領であった安禄山に名声と文才を買われて官職まで押しつけられる。それをかわすため、彼は特殊な薬を飲んで声が出ないふりをして苦労を舐め尽くした。それでも、叛乱がおさまった後は賊軍の官職を受けたという咎で処分を免れなかった。弟や友人の助力で、それが降職にとどまったのは実に幸いであった。度重なる挫折や、時勢が急転直下の中、王維の心はいよいよ仏教信仰に傾斜していく。さまざまな災厄を乗り越え、宰相の副職にあたる尚書右丞《しょうしょゆうじょう》という地位にまで上り、そして六十三歳の生涯を全うしたのは、信仰と自然への愛着に育まれた平明、淡泊の性が常に彼の行動を導いていたからであろう。

悠々たる白雲は君の伴——五言古詩・「送別」（盛唐・王維）

王維の詩作は、盛唐詩壇の風雲児であった李白や杜甫と比べれば、どこか細く、社会の不平に反抗する強さが感じられない。しかし、現世を仮象と見なす仏教的「空」の理念、現実への否定から生まれた自然回帰への願望、傍観に近い冷静な人生態度などが一体となってこそ、王維独特の静寂、諦念に満ちた美が築きあげられたのである。

次の「送別」という作品は、隠棲する友人に贈ったものでありながら、こういった王維自身の複雑な世界をも呈示している。

送別　　送別

下馬飲君酒　　馬を下《お》りて君に酒を飲ましむ
問君何所之　　君に問う　何《いず》れの之《ゆ》く所ぞ
君言不得意　　君は言う　意を得ず
歸臥南山陲　　南山《なんざん》の陲《ほとり》に帰臥《きが》せん

但去莫復問　但《た》だ去れ　復《ま》た問う莫《な》からん
白雲無盡時　白雲《はくうん》　尽くる時無し

（大意）馬から下りて、まず君に一献をささげよう。

「さて、これから君はどこへ行くのか」

とたずねると、君は言う。

「官界の名利にまみれた日々は、わたしにはもううんざりだ。南山のほとりに庵でも結んでのどかに過ごすよ」

「ならば一途に行き給え、わたしはもう何もきくまい。悠々たる白雲はきっと、いつまでも君の伴になってくれるだろう」


終南山（陝西《せんせい》省西安の南部）に隠棲する友人と別れを惜しみつつ、この作品は王維自身の隠遁に対する羨みを垣間見せている。開元二十二（七三四）年、王維は宰相張九齢《ちょうきゅうれい》に抜擢され、右拾遺《うしゅうい》の官位についた。右拾遺は、皇帝の行動を諫めたり、人材を薦めたりする職である。張九齢を中心とする開明派の政治家たちとともに、王維もこれから玄宗を盛り立てながら、そのまつりごとを正しい方向へ導こうと思っていた。しかし間もなく、大権が李林甫《りりんぽ》らの奸臣どもに握られるにつれ、張九齢は地方へ左遷され、王維も政治中枢から閉め出されてしまった。「意を得ず」というのは、友人の言葉から出たものにもかかわらず、詩人の屈折した心から発した声でもあったのだ。結びの「白雲　尽くる時無し」は、尽きる時のない白雲と瞬間にして消え去る功名栄華との強烈な対比を織り成している。友人を慰めると同時に、その毅然たる隠遁の決意におのれが抱く羨望を表したのである。この作品の創作時期は不詳であるが、開元二十九（七四一）年から、王維が一時ながら親しい詩人の儲光羲《ちょこうぎ》（七〇七?～七六〇?）とともに終南山で世離れの日々を送っていたことから考えれば、およそ張九齢の失脚から王維の終南山入りまで――つまり開元二十五（七三七）年から同二十九（七四一）年までの間だと推定して間違いないだろう。

ところで余談だが、一九〇七年、ウィーンにいるグスタフ・マーラーのもとへ、ドイツ人の学者であるハンス・ベートゲによる独訳の詩集――『中国の笛』がとどいた。若い時から生死の真意をめぐって悩みつづけたマーラーであるが、多くの挫折から生まれた中国詩人の諦念、および李白、孟浩然、王維らが高踏な理想として謳歌した自然回帰というテーマに魂を揺さぶられずにはいられなかった。翌年、彼はそれらの詩を素材に生涯最も優れた交響曲――《大地の歌》を創作した。最後の「告別」という楽章（第六）に使われたのは、まさしく王維の「送別」であったのだ。余命いくばくもないマーラーは、この作品でついに生への永訣というテーマに到達した。無尽の創造力とは裏腹に人間の命はいとも短い。死を見つめつつ至高の喜びを讃え得たマーラーの心は、李白の不羈と王維の諦念とどこか相通じているのに違いない。マーラーの《大地の歌》を聴きながら、李白と王維の詩を高々と朗詠してみよう。

友を励ます熱い心――七言絶句・「董大《とうだい》に別《わか》る」（盛唐・高適《こうせき》）

『全唐詩』を繙いてみれば、送別と留別《りゅうべつ》を通して友情を讃えるものはたくさんある。送別詩において、前掲の王維の作が典型的一首とも言えるが、留別とは、旅立つ者が見送る人に詩を詠み遺すことを指す。以下は幾つか、わたくしなりに選んだ送別、留別の名作中の名句である。

海内存知己　　海内《かいだい》に知己《ちき》存《そん》せば
天涯若比鄰　　天涯《てんがい》も比鄰《ひりん》の若《ごと》し
無爲在岐路　　為《な》す無かれ　岐路《きろ》に在《あ》りて
兒女共霑巾　　児女《じじょ》と共に巾《きん》を霑《うるお》すことを

（王勃・五言律詩「杜少府《としょうふ》の任に蜀川《しょくせん》に之《ゆ》くを送る」の後半）

（大意）……この広い国のどこかに真の理解者がいる限り、たとえ地の果てに身をおこうとも隣にいるようなものだ。別れ道に立って、世間の若い男女のように涙で濡らしあうのはやめよう。

勸君更盡一杯酒　　君に勧む　更に尽くせ　一杯の酒

西出陽關無故人　西のかた陽関《ようかん》を出《い》づれば　故人無からん
（王維・七言絶句「元二《げんじ》の安西《あんせい》に使いするを送る」の後半）

（大意）……君よ、もう一杯飲み乾し給え。西へ遥か陽関を出てしまえば、もう心を許す友はいないのだから。

別酒傾壺贈　別酒《べっしゅ》　壺を傾けて贈り
行書掩涙題　行書《こうしょ》　涙を掩《おお》いて題す
（李嶠《りきょう》〈六四五〜七一四〉・五言律詩「李邕《りよう》を送る」の頸聯）

（大意）……別れの酒は、とくりを傾けて注いであげる。旅立つ人に送る文は、涙をぬぐいながら書く……

當路誰相假　当路《とうろ》　誰《たれ》か　相仮《あいか》さん
知音世所稀　知音《ちいん》　世の稀《まれ》なる所
祇應守寂寞　祇《た》だ応《まさ》に　寂寞《せきばく》を守るべし
還掩故園扉　還《かえ》って故園《こえん》の扉を掩《とざ》さん
（孟浩然《もうこうねん》・五言律詩「王維に留別す」の後半）

（大意）……権力者の中にはいったい、力を貸してくれる人なんかいるものか。わたしの心を理解する者は稀なのだ。これからは静かで平淡な日々を守り、帰郷して扉を閉ざしてしまおう。

以上の四つから読みとれる共通点として、まず一つ挙げられるのは、篤い友情が底流となっていることだ。王勃は蜀川に赴く杜少府と、見送る自分のことを「知己」と称し、このような知己がいる限り、たとえ遠く離れていても心が通じあっているのだという。

王維の「西のかた陽関を出づれば　故人無からん」は、西域へ使いに遣られた元二の身を案じながら、

「あなたが西域へ行っている間、このわたしだって心の許しあえる友人が減ったわけだ」

と、自分の寂しい心境をも暗示している。

李嶠はずばりと、別れの悲しみを直写して深い友情を伝えたが、では孟浩然の場合はどうか。開元十五（七二七）年、三十九歳になった浩然は隠棲の庵から出て長安に向かった。だがまさかの科挙落第や、ひょんなことで玄宗から怒りを買ったことによって参政の道が閉ざされてしまった。詳細は拙著『物語・唐の反骨三詩人』に書いているのでここでは避けたい。王維はこの一連の出来事を見守り、浩然の心境を玄宗に弁解しようとしたが、それも甲斐なく終わる。それでも孟浩然は、王維に対しては深い感謝の念を抱いていた。「王維に留別す」は、心頭の不平と失意とを素直にうちあけることを通して、王維への揺るぎない信頼を表している。

ところで、送別、留別詩では友情が底流となるほか、もう一つの共通点が存在する。俗っぽい言い方だが、それは酒と涙であった。

王勃は「世間の男女のように泣くのをやめよう」と言っているものの、幾ら天才詩人で高い志を抱いているにしても、彼も所詮「世間の男女」の一人である。こみあげる涙を懸命に抑えたいからこそ、敢えて「泣くまい」と強がっていたのだ。さすが淡泊な性で知られた王維は、「更に尽くせ一杯の酒」とうたって別れのつらさを紛らしている。李嶠の作品ときたら酒もあり涙もあり、まるで一人の大男が切々と別れの悲しみを語りかけているようである。なにしろ、李嶠はのち宰相までつとめた大政治家でもあった。孟浩然のほうは、酒と涙を言葉に出してはいないが、しかし王維に訴えた一字一字から涙が滲んでいる。「故園の扉を掩《とざ》」そうとしたのも、いわば俗世を離れて詩と酒に暮らすためではないだろうか。

概して言えば、送別と留別の歌には、篤い友情、酒、涙といった共通点がある。ところが高適の「董大《とうだい》に別る」は、これらの名作と比較して少しも遜色なく、そのうえ一味違っているようだ。

別董大　　　　董大に別る

千里黄雲白日曛　　千里の黄雲《こううん》　白日　曛《うすくら》し
北風吹雁雪紛紛　　北風《ほくふう》　雁を吹いて　雪紛紛《ふんぷん》たり

莫愁前路無知己　　愁《うれ》うる莫《な》かれ　前路《ぜんろ》に知己《ちき》無きを
天下誰人不識君　　天下　誰人《たれひと》か　君を識《し》らざらん

（大意）千里の彼方まで黄昏の雲が立ちこめ、原野に夕暮れがおとずれた。狂おしい北風に吹きつけられ、雁の姿は降り乱れる雪に舞う。これより向かう途に、おのれの真価を知ってくれる友がいないと嘆き給うな。天下に君のことを知らぬ者は一人としているものだろうか。

董大は、名を庭蘭《ていらん》という琴の名手であった。高適とほぼ同時代の詩人——李頎《りき》（六九〇？～七五一？）も、

「董夫子《とうふうし》、神明《しんめい》に通じて、深山の妖精　窃《ぬす》み聴きに来たる」

と吟じている。「董夫子」は董大への尊称であるが、神と語りあい、妖精まで魅せてしまうその神業を絶賛している。

高適の作品は叙景から始まっている。黄雲、落日、北風、雪の中で群を見失ってしまいそうな雁——いかにも北方の辺地で別れを悲しむ者の心情に徹した景色だ。しかし詩人はここで筆鋒を一転する。

——神業を持つ君なら、たとえ天の果てまで行ったとしても、きっと多くの知音とめぐりあう。今まで君の演奏を聴いた人間はみな、魅せられたのではないだろうか。

と、寂寞なる風景から未知の旅を始めようとし、やや心細くなっている董大を力強く励まし勇気をつけたのである。

ところで、この「董大に別る」は二首あるが、「其の二」の結びは実におもしろい。


「今日　相逢《あいあ》う　酒銭《しゅせん》無し」


という。つまり、せっかく送別に来ているものの、あいにく酒を買う銭を持ち合わせていないのだ。わびているかどうかははっきりしないが、とにかく貧しさを恥じる色はあまり見せていない。その貧しさから、これは高適がまだ出世する前の作品だと推定できると思う。

高適は、長安二（七〇二）年前後に生まれ、永泰元（七六五）年に没している。滄洲《そうしゅう》（河北省滄洲市の東南）の人であり、字を達夫《たっぷ》という。若い頃は、博徒と交わり放縦な生活を送ったが、五十代に入ってからは「安史の乱」に遭遇し、粛宗皇帝のもとで活躍したので、左散騎常侍《ささんきじょうじ》という要職に抜擢され渤海侯《ぼっかいこう》の爵位まで与えられた。唐代の詩人においては、珍しく出世を遂げた一人である。その行動をめぐる毀誉褒貶《きよほうへん》はともかくとして、彼の豪壮な詩風は生死をかけた戦場から生まれるものであり、技巧よりも気骨を重んじていたのだ。

「董大に別る」は、貧しい青年期に詠まれたものであるが、別れの場に酒もなければ涙もない。しかし友人を励ます熱い心と、何も見えない前途に希望を託したところに、彼を成功まで導く強靭な精神がすでに光っている。心をうつ一首である。

第三章

詠史《えいし》——歴史をよむ

Ⅰ　開国帝王の孤独と亡国君主の悲哀

平民から皇帝へ、戦に明け暮れた人生の辛酸が滲み出る──楚風《そふう》古詩・「大風《たいふう》の歌《うた》」（漢・劉邦《りゅうほう》）

紀元前二〇二年、劉邦《りゅうほう》（紀元前二五六〜前一九五年）は垓下《がいか》（安徽《あんき》省霊壁《れいへき》県の東南部）で項羽《こうう》を破り、天下統一を果たした。諸侯に推戴された彼は帝位に登り、国号を「漢」と称して都を長安（陝《せん》西《せい》省西安市の西北）に定めた。史上に言う「西漢」、あるいは「前漢」王朝を発足させたのである。しばらくの間、北方辺境での匈奴《きょうど》との衝突を除けば、とりあえず官民とも比較的に平穏な生活を送っていたが、前一九七年の末になると、各地の諸侯は相次ぎ不穏な動きを見せ始めた。

漢を建国した当初、朝廷が直轄統治したのはわずか十五の郡だけであった。劉邦はその他の土地を、ともに戦ってきた功臣や諸侯へ分け与えて、いわゆる封建制を再び確立したのである。一見、戦国時代における群雄割拠の局面に後退したとも言えるのだが、それまで無敵を誇った項羽を滅ぼして、広大な国家を治めるためにやむをえない手段でもあったのだ。しかし波乱は、まさしくその局面から生じたのである。

前一九六年の春、百戦百勝の武将であった淮陰侯《わいいんこう》——韓信《かんしん》は、長安の宮中で処刑された。山西で反旗を挙げた陳豨《ちんき》と暗に通じて、謀反を企んでいたことが発覚したからである。

同年の夏、梁王の彭越《ほうえつ》は、叛意ありと見られ一族もろとも誅殺された。

更にその秋、歴戦の勇士であった淮南王《わいなんおう》——英布《えいふ》は、功臣に対する朝廷の厳しい処分がやがておのれに及ぶに違いないと踏んで、ついに反旗を翻したのである。

英布は破竹の勢いで東、西を転戦していよいよ劉邦の故郷——沛郡《はい》（江蘇省沛県）に迫った。その侵攻を食い止めるため、皇帝劉邦は十月に自ら大軍を率いて蘄《き》県（沛郡に属する地）の西部に布陣した。

戦はあっという間に終わった。劉邦の「御駕親征《ぎょがしんせい》（皇帝が自ら出陣すること）」で、漢軍の闘志が高かったのだ。叛乱の首謀者であった英布も、逃亡の途で討ち果たされたのである。

ところで劉邦は叛乱を鎮めた後、故郷の沛に立ち寄っている。その日、彼は地元の父老、旧知を酒宴に招いて昔話に花を咲かせ、ほろ酔いの気分になった。しかしなぜか、その喜びに名づけようのない孤独がまじっていた。そこで彼は筑という楽器を鳴らしながら「大風の歌」をうたった。歴史に伝わる劉邦の歌が二首あるが、よく知られているのはこの一首である。

大風歌　　大風《たいふう》の歌

大風起兮雲飛揚　　大風　起こって　雲　飛揚《ひよう》す
威加海内兮帰故郷　威《い》は海内《かいだい》に加わって　故郷に帰る
安得猛士兮守四方　安《いず》くにか猛士《もうし》を得て　四方を守らしめん

（大意）大風が吹き起こって黒雲は飛び乱れていたが、わたしの威光はついに天下を平らげて故郷に帰ってきた。どうかして勇猛な戦士を集め、この国を守りぬきたいものだ。

「大風の歌」は、『楚辞《そじ》』から影響を受けている。『楚辞』とは、屈原、宋玉といった戦国末期の大詩人たちが、南方の楚の歌や民謡（以降は楚歌《そか》と略称）に基づいて創作、大成した詩歌のことである。漢代になり、それらの作品は編纂され『楚辞』と名づけられたが、『詩経』に次ぎ、中国文学史における詩の第二完成期なのであった。

『詩経』と『楚辞』の特徴を概括すれば、前者は克己、平和の精神に充ち、後者は自由、奔放の心を持つということだ。形式の上では、『楚辞』は『詩経』の四言句を破り表現力をいっそう高めると同時に、中国文学のロマンチックで幻想に富んだ気風を創造したのである。

また修辞法においても、『詩経』と『楚辞』には違いがあった。「兮《けい》」という感動助詞の使い方である。まず、前出の「子衿《しきん》」（『詩経』）の一節を例にしてみる。

挑兮達兮　挑《とう》たり達《たっ》たり
在城闕兮　城闕《じょうけつ》に在《あ》り
一日不見　一日《いつじつ》見ざれば
如三月兮　三月《みつき》の如《ごと》し

『詩経』の特色として、「兮」はすべて句末につけられ、語勢の強調に用いられていた。（「挑兮達兮」の句に「兮」が二回も出ておりちょっと例外に見えるが、実は「挑」と「達」はいずれも独立した動詞であるため、「挑」のほうについた「兮」も句末に用いられたのと変わらないのだ）。さて次は『楚辞』の一章「漁父《ぎょほ》」に収められた楚歌を例にしてみる。

滄浪之水清兮可以濯吾纓　滄浪《そうろう》の水清《す》まば以《もっ》て吾が纓《えい》を濯《あら》うべし
滄浪之水濁兮可以濯吾足　滄浪の水濁《にご》らば以て吾が足を濯うべし
（この歌は『孟子・離婁《りろう》』にも見られる）

短い歌ではあるが、典型的な楚歌として、「兮」が句中につけられ、そこで勢いを止めたりまたは更に盛り上げたり、抑揚を生み出そうとしている。
楚歌の影響を受けた「大風の歌」は全三句からなるが、すべての句中に「兮」がある。第一句は

「兮」を含めて七文字、第二、第三句は「兮」をはずして七文字。ある意味では、すでに後世の七言詩の端緒を開いたとさえ言える。

確かに日本語による読み下しの場合は、「兮」はどうにもならず、ほとんど流されたままであったが、中国語で読んだ時は、「兮」という声の出し方によって抑揚がだいぶ違ってくるのだ。例えば「大風の歌」の場合、三つの句に挟まれた「兮」は、それぞれのリズム的効果を持っている。第一句は字数が少ないので、「兮」を意図的に長く延ばす。第二、第三句は、他の字数が増えるにつれてわざと短く吟じる。それによって全体的なバランスが自然に整ってくるのである。

ところで、「大風の歌」が楚歌の影響を受けたことの根拠はそれだけではない。

劉邦の出身地――沛は、今の江蘇省に属しているが、戦国時代には最盛期に達した楚の版図に入っていた。沛の地方に楚の文化的影響が古くから深かったため、劉邦が楚の歌をうたい、楚の文化を吸収したのもごく自然のことであった。その上、楚歌は当時、楚の地方に限って流行したわけではなく、戦国末期にはすでに北方まで影響を及ぼしていた。一例を挙げると、日本でもよく知られている荊軻《けいか》のことだが、衛（河南省）の人であった彼が易水《えきすい》のほとりでうたった「風蕭々《かぜしょうしょう》」は、ほとんど完璧な楚歌と言える。

風蕭蕭兮易水寒　　風蕭々として易水寒し
壮士一去兮不復還　　壮士《そうし》一《ひと》たび去って復《ま》た還《かえ》らず

「兮」を句中に夾み、第一句が「兮」を含めて七文字、第二句が「兮」をはずして七文字というところは、「大風の歌」と全く同じであった。違うのは「風蕭々」が二句からなり、「大風の歌」は三句からなっているということだけ。そもそも楚歌は字数も行数も自由だからである。

更に、『史記』にある次の一節も非常に興味深い。

劉邦とその寵姫《ちょうき》であった戚夫人《せきふじん》の間に、如意《にょい》という男子がもうけられていた。劉邦は戚夫人を愛したあまりに、如意を皇太子に立てようとしたがまわりの強い反対に抑えられてひどく落ち込んだ。そんな時なのに、劉邦は言った。

「爲我楚舞、我爲若楚歌」

日本語に訳すと、

「わたしのために楚舞《そぶ》を踊ってくれ。そうしたらわたしは君のために楚歌をうたおう」

というのである。如意の立太子をあきらめざるを得なかった劉邦は、悲しみにくれた戚夫人を慰めるよう楚歌をうたったのだ。この一節は、楚歌が彼にとっていかに大事なものであったかを裏付けてくれている。寂しい時、悲しい時、または悦ぶ時、つまり感情が心に波打つ時には、彼は常に楚歌をうたおうとしたのである。ちなみに、劉邦が死んで間もなく、戚夫人はその子の如意とともに、劉邦の正妻であった呂后《りょこう》に無惨にも殺されてしまったのである。

さて「大風の歌」は、第一句から雄大な気勢をもって詠み起こされている。「大風起こって雲飛揚す」は、秦王朝、項羽との間に繰り広げた死闘を指すが、同時に韓信、彭越、英布らを平定した血戦を喩えている。その気勢は次の「威」を引き出す。第二句はおのれの威光は天下を照らし、勝利をおさめて久々に帰郷した心境を語っているので、得意の色を隠そうとしない。

しかし第三句では、一転して深い憂慮を表したのだ。

——天下を守るために猛士が要る。このような猛士はどうして得られるのか。また猛士と言えば、韓信、彭越、英布らはみな世にも稀な猛士ではなかったか。だが天下を窺うため、彼らは相次ぎ自分に刃向かってきた。とすれば、たとえこれから猛士を求め得たとしても、韓信らのようにならないという保証はないのではないか。

この疑問は、しかし誰にも問うわけにはいかない。劉邦の心頭には、言いようのない孤独感がふくらんだ。『史記』の「高祖本紀」によると、彼は地方の百二十人の男子を集めて、「大風の歌」を覚えさせ合唱させた。合唱は壮大を極めたものであったろう。その悠揚とした歌声の中、劉邦は立ち上がって舞い始める。そして

「慷慨《こうがい》傷懐《しょうかい》して、泣《なみだ》数行下《くだ》る」

という。戦に明け暮れた十数年間の辛酸は、その一瞬に彼の胸を締めつけた。これから如何に天下を守りぬくべきか——彼は慷慨、憂慮、孤独に包まれ、思わず故郷の父老を前にして涙をこぼしたのである。その年、劉邦はすでに五十一歳に達していた。英布討伐の時に負った傷が悪化したせいで、翌年（紀元前一九五年）の四月に世を去るまで、残された命はわずか半年だけであった。

言い伝えによれば、劉邦と、項羽はともに読書を嫌う人間であったという。にもかかわらず、「大風の歌」は漢の初期における最も優れた歌として後世の詩人たちに賞賛されてきた。清《しん》の詩論家——呉景旭《ごけいきょく》はその著『歴代詩話』において、

「華藻《かそう》を事《こと》とせず気概遠大なれば、真に英主《えいしゅ》なり」

と語っている。つまり華麗な言葉を使っていないのにおのずから高い気品が備わっているので、

「大風歌」を歌う劉邦の像（沛県）

これはまことに英明な帝王しかできないわざだ、というのである。

劉邦の歌はこの「大風の歌」と、「鴻鵠《こうこく》の歌」という二首しか見あたらないので、その詩才を論ずるのは難しい。しかし「大風の歌」は、彼が平民から帝位に登り詰めるまで舐め尽くした辛酸と、更に前途に対する深い憂慮とが結びついたところに生まれてこそ、歴史に遺る輝かしい一首となったのである。

血の滴るような哀歌――五代詞・「虞美人《ぐびじん》」（南唐《なんとう》・李煜《りいく》）

唐の二百九十年にわたる歴史は、三分にして観ることができる。前期は、建国した武徳《ぶとく》元（六一八）年から玄宗の開元《かいげん》二十四（七三六）年まで、約百十九年の間である。この時期は、むろんいろいろな波乱もあったのだが、それでも進歩的な思想が政治の主流となって国の内政や外交を導いていた。中期とは、開元二十五（七三七）年から憲宗の元和《げんわ》の終焉（八二〇年）にかけて、およそ八十四年の間を指す。この時期の矛盾は、中央王権と各地の軍閥勢力、および辺境の少数民族との激しい衝突にある。士民の心が未だ唐の政権から離れていなかったため、朝廷は深い傷を負いつつも生き長らえたのである。後期は、言うまでもなく中期の終わりから唐の滅亡（九〇七）までの約八十七年間である。その時期の特色は、宦官集団が士族の勢力を圧倒し政治がいよいよ腐敗に傾いてゆくことだ。天地は怨声にあふれ、民心は完全に唐王朝から離反してしまった。国家機構におのれの才能を認めてもらえない下級士族たちは、その失意と憤懣をぶちまけるため相次ぎ蜂起や兵乱に加わり、英知とエネルギーを国家打倒に注いだのである。唐の滅亡はもう、誰にも挽回することができなくなっていた。

しかし長い統一王朝の次は必ず分裂がやってくる。唐が紀元九〇七年に滅びた後、広大な中国は再び戦乱の時期を迎えた。北宋が再統一を果たした紀元九六〇年まで、たった五十数年の間に、今の河南省を中心とする中原地域では時を前後にして五つの短命王朝が建てられた。史上に言う五代（九〇七〜九六〇）である。

Ⅰ　後梁　国都——汴京《べんけい》（河南開封）　年代・九〇七〜九二三年（計十七年）
Ⅱ　後唐　国都——洛陽　年代・九二三〜九三六年（計十四年）
Ⅲ　後晋　国都——汴京　年代・九三六〜九四六年（計十一年）
Ⅳ　後漢　国都——汴京　年代・九四七〜九五〇年（計四年）
Ⅴ　後周　国都——汴京　年代・九五一〜九六〇年（計十年）

ところで五代王朝の勢力が及ばない南方では、これも前後に十の国が乱立したため、史上に十国（九〇七〜九七九年）という。

Ⅰ　呉　国都——金陵《きんりょう》（南京）　年代・九一九〜九三七（計十九年）

II　南唐　国都――金陵　年代・九三七～九七五（計三十九年）
III　前蜀　国都――成都　年代・九〇七～九二五（計十九年）
IV　後蜀　国都――成都　年代・九三四～九六五（計三十二年）
V　呉越　国都――杭州　年代・九〇七～九七八（計七十二年）
VI　楚　国都――長沙《ちょうさ》　年代・九〇七～九五一（計四十五年）
VII　閩《びん》　国都――侯官《こうかん》（福州）　年代・九三三～九四五（計十三年）
VIII　南漢　国都――番禺《ばんぐう》（広州）　年代・九一七～九七一（計五十五年）
IX　南平　国都――江陵（湖北）　年代・九二四～九六三（計四十年）
X　北漢　国都――太原《たいげん》　年代・九五一～九七九（計二十九年）

以上は、「五代十国」の勢力中心およびその年代を簡単にまとめたものであるが、「五代」がいずれも開封や洛陽、いわゆる黄河流域で建てられた国であったのに対して、「十国」は北漢を除いて、すべて南方で政権をつくっていた。その中、長江を南北に挟んだ南唐は、特に豊饒な土地を擁して富に恵まれた国である。西暦の九六一年に、二十五歳の李煜《りいく》は南唐の三代目の君主として歴史の舞台に登場したのだが、彼個人の運命はそこから狂い出し、やがては予想すらできないほどむごい最期を迎えるのである。

若い時から、李煜は詩文、書画、音楽に精通し、文人としては中国史上でも屈指の一人であった。後世の論者が彼のことを次のように言っている。

「個《ひと》の才人と作《な》って　真に絶代《ぜつだい》なれど、薄命　憐《あわ》れむべきか　君王《くんおう》と作《な》りぬ」

つまり、文人としては世にも稀な才能を持っていたのに、君主として生まれたのが運の尽きだということである。

李煜が即位した西暦の九六一年は、北方では後周の優れた武将――趙匡胤《ちょうきょういん》が部下の擁護で帝位につき、国号を宋と称した翌年である。史上に宋太祖と称された趙匡胤は分裂の局面に終止符を打つべく、軍事力を背景に速くも全国の統一に乗り出す。彼は南平、後蜀、南漢を次々と滅ぼし、九七四年の秋にはいよいよ矛先を南唐に指し向けてきた。

一方、李煜はそれまですでに江北の領土を失い、宋の侵攻におののいて南唐という国号まで取り消していた。彼はへりくだって自ら「江南国主《こうなんこくしゅ》」と称し、宋に対してひたすら従順を表そうとするが、それでも宋軍の進撃は止まなかったのである。まさに滅亡が頭上に降りかかろうとした時に、李煜はなお詩を創ったり僧侶と仏法を論じたり、かたわら美しいダンサーである窈娘《ようじょう》の踊りに耽ったりしていた。言い伝えによれば、絹に包まれた窈娘の足は新月のように美しい。しなやかな彼女が金で作られた高さ二メートルの蓮花に踊り出せば、飄々として仙女の波に乗るが如し、というのである。中国女性の纏足の歴史は、恐らくそこから始まったと言われている。国が滅びる直前の酔生夢死の一齣《ひとこま》であった。

しかし李煜のそばに忠臣がいないというわけでもなかった。大臣潘佑《はんゆう》はしばしば上書して国家の

危機を説いたのだが、李煜は、

「今更こんなことを言われてどうなる」

とうるさがって潘佑を牢屋に入れる。ちょうどその時、南唐の最後の頼りであった江南水軍も総崩れしたのである。

九七五年十一月の末、宋の大軍が金陵になだれこんだ。厳しい寒さの中、李煜は上半身を裸にし宮を出て降伏し、そして北に連行され宋の都——開封で軟禁に置かれた。それと鮮烈な対照を成すかのように、潘佑は亡国の徒となるに堪えず、獄中で自殺を遂げたのである。

宋の文士であった王銍《おうし》(一一二六年前後に在世)は、その著『黙記《もくき》』で李煜の死について書いている。

軟禁されて三年目になる九七八年の七月七日は、李煜が四十二歳の誕生日を迎えた日である。さまざまな往事を思い起こし、彼は悲しみと悔恨にうちひしがれ「虞美人」を創って芸妓にうたわせた。哀切な歌詞と調べが響きわたって宋の皇帝の耳にとどく。その頃は宋も世代が替わり、二代目の太宗——趙匡義《ちょうきょうぎ》は辣腕というよりも残虐な君主であったのだ。彼は大いに怒り、いまだに滅びた南唐を懐かしんでいる李煜をこれ以上生かしてはおけぬと決めた。彼は李煜のもとに「牽機薬《けんきやく》」という劇毒をとどけさせ死を命じたという。「牽機薬」を飲むと、全身の関節が収縮して激痛のうちに死ぬと伝えられている。

では、「虞美人」は果たしてどんな歌なのだろうか。

虞美人

春花秋月何時了
往事知多少
小樓昨夜又東風
故國不堪回首月明中

雕欄玉砌應猶在
只是朱顏改
問君能有幾多愁
恰似一江春水向東流

虞美人《ぐびじん》

春花《しゅんか》　秋月　何《いず》れの時か了《お》わらん
往事《おうじ》は知んぬ多少《いくばく》ぞ
小楼《しょうろう》　昨夜　又東風《またとうふう》
故国　回首《かいしゅ》するに堪えず　月明《げつめい》の中

雕欄《ちょうらん》　玉砌《ぎょくぜい》　応《まさ》に猶《な》お在るべし
只《た》だ是《こ》れ　朱顔《しゅがん》のみ改まりぬ
君に問う　能《よ》く幾多《いくた》の愁《うれ》いか有る
恰《あたか》も似たり　一江《いっこう》の春水《しゅんすい》の東に向かって流るるに

（大意）春の花、秋の月、季節の移ろいは年々も変わらない。昔はどんなにか楽しんで眺めたことだが、今となってはただ過ぎ去りし日々を思い起こさせ心を痛めるだけ。昨夜はこの小楼にも、東風が再び訪れたようだ。とすればこの身が囚われて時はまた一年経った。月の明るいこんな夜、故国のことをふりかえってみるのはあまりにも辛くて堪えられない。

あの江南に佇むわが宮殿には、彫刻の欄干と玉の階《きざはし》はきっと昔のまま残っているのだろう。なのに欄干に寄りかかっては鬢を擦りあい、階を歩んでは甘い言葉で囁きあった愛しき人たちの美顔には、きっとこのわたしと同じく皺が寄り白髪が増えたに違いない。もしも誰かに、

「あなたの愁いはいかほどであろうか」

と問われたならば、わたしはきっとこう答えるだろう。

——春の長江が、滔々と東へ向かって流れゆくようにと……

「虞美人」は詞牌《しはい》であり、その格式は以下の通りである。

Ⅰ　五十六文字・小令《しょうれい》——前編は七文字、五文字、七文字、九文字、併せて四句二十八文字。後編は前編と同。

Ⅱ　双調《そうちょう》——2コーラス。前編と後編の格式が全く同じ。

Ⅲ　仄韻《そくいん》と平韻《ひょういん》とを交替して用いること——前編は第一、第二句は仄韻、第三、第四句は平韻。後編は前編と同。

さて李煜は、一国の君主から一人の囚人に成り下がった。身分の激変は、もともと多感な彼へ更に無限なる愁思をもたらした。前出の王銍の『黙記』に、李煜がかつて金陵の宮人に与えた手紙が

記されている。

「此《こ》の中の日夕《にっせき》は、ただ涙を以て面《かお》を洗うのみ」

軟禁された「小楼」で朝夕に涙で顔を洗っているという。彼の「愁い」とは、恐らく亡国の君主しか味わえない悔しさと悲しみではないだろうか。

「春花秋月」や「往事」は、いわばみな美しいものであったはずだ。しかし自由を奪われた李煜にとって、花は年々の春に咲き、月は年々の秋にまどかなる、それらを眺める自分は楽しい昔を思い出させられいっそう苦しんでいる。「何れの時か了《お》わらん」というのは、この囚われの日々はいったい、いつになれば終わるのか、という悲嘆であった。

「又東風《またとうふう》」とは、軟禁されてまた一年が過ぎたことを言う。「故国」は言うまでもなく滅びた南唐であるが、「回首するに堪えず」とは、ふりかえってみるだけでも辛すぎるという意味だ。過去の酔生夢死に対する悔恨と、まだまだ消えぬ一縷の未練との入り交じった感情がそこに流れている。

その「回首するに堪えず」は、後世の人々に「往事」と結びつけられ、中国人は今でも時々、

「往事不堪回首――往事は回首するに堪えず」

と嘆いたりするが、むろん中年以上の人に限る。それもやはり李煜の気持ちにちなんで青春を無駄にした悔いと、「あの頃はよかったなあ」という追慕が混ざっている。

しかし「回首するに堪えず」と言いながら、「回首」してしまうのが人間の弱いところである。

後編の「雕欄玉砌」も「朱顔」も、すべて過去のことだ。華麗な宮殿が昔のままなのに、宮殿にい

た自分たちはもうすっかり変わり果てたのだ。「朱顔改まりぬ」という一言に、国家の様子まで変わり果てた、つまり亡国の意味もこめられている。

最後の二句は、自問自答の形で詠まれているが、激しい感情の流れはここに至ると、李煜自身の最後の堤防を決した。もし王銍の記述が史実であれば、李煜の誕生日は七月七日であり、つまり七夕の日なのだ。牽牛と織女ですら、年一度はその日に逢うことが許されているというのに、自分は永久にこの小楼から解放される日はない――この無限なる憤激、愁思が長江となって奔流し、尽きることもなくやむ時もない。ただ命の終焉まで絶えずに東へと向かう。なぜなら長江の東の果てには、心の故国があるのだ……

李煜は亡国君主であったのだが、憎めない生身の人間でもあった。いつも死の危険にさらされているのに、それでも彼は放歌した。「虞美人」に顕れた彼の心は、囚人の身分とは裏腹に、あらゆる虚飾を捨て去った純真で熱烈なものであった。劉邦は開国の「英主」として、雄大な気勢とともに深い憂慮と孤独を「大風の歌」にぶちまけている。それと比べて、李煜は一字一句に精魂をこめて、「虞美人」を血の滴るような哀歌に仕上げた。亡国君主しか味わえない愁思とは言ったのだが、「往事は回首するに堪えず」というところは、いったいどれほどの人の心に悲愁をもたらし感動させたのだろうか。李煜が無惨に殺された一方、「虞美人」は詞の歴史に永遠なる命を得たのである。

II　波瀾の時代を生きる

胸に渦巻く焦りと失望――五言律詩・「春望《しゅんぼう》」（盛唐・杜甫）

杜甫の詩は、「詩史《しし》」とも呼ばれている。その称号について、唐の孟棨《もうけい》は『本事詩《ほんじし》』で次のように語っている。

「杜甫、安禄山の乱に逢って隴蜀《ろうしょく》を流離《りゅうり》す。（その間の出来事を）悉《ことごと》く詩に陳《の》べて、殆《ほとん》ど遺《のこ》す事無し。故に当時、〈詩史〉と称せされる」

つまり、「安史の乱」の渦に巻き込まれた杜甫は、四川から西北のあたりをさすらいながら、戦争の惨状やおのれの苦しみをリアルに、余すことなく詩で表現したというわけだ。「春望」は、その典型的作品であった。

春望　　春望

國破山河在　国破れて　山河在《あ》り
城春草木深　城春にして　草木深し
感時花濺涙　時に感じて　花も涙を濺《そそ》ぎ
恨別鳥驚心　別れを恨みて　鳥も心を驚かす
烽火連三月　烽火《ほうか》　三月《さんがつ》に連なり
家書抵萬金　家書《かしょ》　万金《ばんきん》に抵《あ》たる
白頭搔更短　白頭《はくとう》　搔《か》けば更に短く
渾欲不勝簪　渾《す》べて簪《しん》に勝《た》えざらんと欲す

（大意）都が荒れ果ててしまったが、山や河は昔のままだ。民が難を逃れて城を空けた故、春になって草木はぼうぼうと生い乱れている。戦乱の時を悼んで花も涙をこぼし、別離を悲しんで鳥も深い不安を心に抱く。のろしがあがってすでに二度目の春となったものの、いまだやもうとしない。戦のせいで道がふさがれ、家からの消息は金万両の値さえする。苦しみに耐えきれず髪を搔きむしる。だが搔けば搔くほど髪が少なくなり、もうかんざしで留めることすらできなくなってしまいそうだ。

天宝十四（七五五）年は、玄宗が即位して四十四年目にあたる。その十一月九日、平盧節度使《へいろせつどし》

（地域の行政、軍事を司る長官）、范陽《はんよう》節度使、河東《かとう》節度使を一身に兼ねた安禄山《あんろくざん》は、

「悪人宰相楊国忠《ようこくちゅう》を討伐せよ」

という玄宗の密書を受けたと偽って兵を挙げた。彼は麾下の多民族軍団、計十五万の精鋭を率いて二十万と称し、すさまじい勢いで進撃を始めた。

十二月、河北の一帯を蹂躙《じゅうりん》した安禄山は黄河を渡り、陳留《ちんりゅう》を落とし、唐軍の狙撃を蹴散らして洛陽城になだれこむ。翌年の正月に、安禄山は洛陽で雄武皇帝と自称し、六月にはついに都の最後の砦——潼関《どうかん》を陥落させたのである。

玄宗は側近を従え、あわてて蜀へ出奔する羽目になったが、陝西省《せんせいしょう》興平《こうへい》県の馬嵬《ばかい》駅についた時、楊国忠の日頃の専権に対する兵士たちの怒りが爆発した。その結果、楊国忠は斬殺され、美人楊貴妃とその姉妹も、都で富と栄華を貪った一族もろとも殺されてしまった。史上に言う「馬嵬兵変《ばかいへいへん》」であった。

馬嵬で玄宗と袂を分かった皇太子の李亨《りこう》は七月、西北の霊武《れいぶ》で帝位に即し、年号を「至徳《しとく》」に改めたのだが、その消息に接した杜甫は、妻子を避難先の鄜州《ふしゅう》（陝西省富県）に安置してから粛宗《しゅくそう》李亨のもとへ赴こうとする。国難にあたって、何としても役に立ちたいと思ったからである。しかし運悪く、途中で賊軍に捕まり長安に連行された。

「春望」が詠まれたのは、翌至徳二（七五七）年の三月であり、兵乱が起こってからすでに一年四か月も経っていた。杜甫は四十六歳になり、そして未だ長安から脱出できなかったのである。

作品は悲壮なシンフォニーのように、大きなスケールで詠み起こされた。「国破れ」とは、都の荒れ果てた様子を直写したものだが、それを目撃した杜甫の胸には、悲しみと憤りが満ちあふれている。「城春にして草木深し」という句は、景色を描いているようだがそうではない。陥落した都の民が賊軍に虐殺されたか、余所へ亡命したか、さもなければ戦々兢々と家に隠れているかで、長安はほとんど空城になった。「草木」が生え乱れるのはそのためだ。「春」は麗しい季節であるはずなのに、賊軍のほか人気のない都のそれは、杜甫の心を深く痛めている。首聯の「破」と「深」という二文字は、満目創痍なるその光景を言い尽くしたものだ。

頷聯は、訓読のしかたによっては、

「時に感じて花も涙を濺ぎ、別れを恨みて鳥も心を驚かす」

というのではなく、

「時に感じて花にも涙を濺ぎ、別れを恨みて鳥にも心を驚かす」

（黒川洋一編『杜甫詩選』、松枝茂夫編『中国名詩選』、目加田誠編『漢詩大系』など）

となっている。テキストや読み方の違いについて、李白の「天門山を望む」においてはすでに指摘したが、もとを正せばみな中国から伝わってきたものだ。中国ではこの一聯の読み方をめぐって、古くから「花鳥擬人化説」と「詩人主体説」という二通りの解釈があった。前者は詩人が花や鳥を擬人化したものであるのに対して、後者は詩人が主体となり自ら花に涙をこぼし、鳥の動きに心を驚かされる、ということになっている。いまだに定説が出ていないため、ほとんどのテキストは二つの解釈を並べて、編者自身の意見を述べた上で読者の感受性に委ねている。

ところで日本もこの両説に関していろいろと論議があったようだ。一九六五年発行の『漢詩大系』(集英社)において、目加田誠博士は「詩人主体」の読み下しをしたうえ、注釈でこう書いた。

「吉川氏《新唐詩選》に『花も涙を濺ぎ　鳥も心を驚かす』とあり、花・鳥を主語としてよんである。これはすでに謡曲俊寛《しゅんかん》にそのよみかたがある。……しかしここは花鳥草木の無心さと人間の有情《うじょう》との対比のかなしみが底にこもっていると思うから、従来の訓読に従っておく」

というのである。確かに、吉川幸次郎博士は一九五二年発行の『新唐詩選』(岩波新書)で、次のような主張を打ち出していた。

「時世のありさまに悲しみを感じて、花も心をいためるのであろうか、涙をこぼすように、はらはらと散る。また人人がちりぢりになってしまった不安な空気の中では、鳥のなき声も、何となく不安げである。

かく涙を濺ぐのは花であり、心を驚かすのは鳥であるとして、吉川はこの聯を読みたい」

いずれも名文である。今になってどちらが正しいかを判断するのは難しい。杜甫自身が注をつけない限り、どちらの読み方をとっても感受性の問題に過ぎず、そこで詩人の描いた歴史の場面が大きく変わってしまうこともないのだ。それでも、わたくしはやはり「花鳥擬人化」の読み方をとりたい。花が泣き鳥が心を驚かすという一聯は、戦争の苦難がすでに天下の万物に及んだことを活写している。もともと「無心」であったはずの花鳥の感情表現によって、「有情」な人間の悲しみがいっそうひきたたされているのではないだろうか。この「花鳥擬人」の意を踏まえて、南宋の大詞人――辛棄疾《しんきしつ》も亡国の痛憤をこめて、

「三十六宮花濺涙、春聲何處説興亡、燕雙雙――三十六宮の花は涙を濺ぎ、春声《しゅんせい》 何れ《いず》の処《ところ》にか興亡を説く、燕双双《えんそうそう》」

と詠んでいる。ここでは花が涙を濺ぎ、春と燕の間に興亡の対話が交わされている。この技法は、作詩では「移情於物《いじょうおぶつ》――情を物に移す」という。つまり物に託された人間の感情が、その物によっていっそう色濃く映されることである。花も涙を濺ぎ、春や燕も亡国の怨みを抱くなら、人間の心がいかに傷んでいるかはおのずからわかるだろうと考えられていたのである。

頸聯の「三月」についても、「三か月」と訳す趣があるようだが、ここは「季春三月」――一年のうち最も爛漫なる季節を指している。「烽火三月に連なり」とは、のろしが二年の春にわたってあがりっぱなしということである。

ここまでの三聯は、すべて「対仗《ついじょう》」（「秋興」を参照、三三頁）の技法を用いており、杜甫ならではの精緻な構造を見せている。ちなみに、首聯の下句にある「春」は「春になる」という動詞に転用されたもので、上句の「破」と「対仗」の関係である。頷聯の上句にある「時」とは、時局、時世を指すが、下句の「別」と呼応し、戦乱に巻き込まれて「別」れざるを得ない「時」の意を織り成している。

さて「春望」という題の「望」にちなんで、詩人の視線は全編を通して国、山河、城、草木、花鳥、烽火、やがて悲しみ溢れるおのれの心へと移ってゆく。

尾聯は、南朝の詩人――鮑照《ほうしょう》（?～四六六）の、

「白髪零落《れいらく》して簪に勝《た》えず」

という句を踏まえて詠まれたものであろう。当時、髪を結い上げ、冠を簪で留めることは、文人にとっては身ごしらえの基本的な作法であった。今はそれすらできなくなってしまいそうだというのは、戦乱に苦しむ杜甫の心を生々しく表したものだ。――一身の文才を抱えながら、国に尽くすどころか今や賊軍の捕虜になっていつ脱出できるかもわからない。そのうえ、四十六歳という壮年期にいるのに、この白髪、この身体の衰えはいったいどこから来たものだろうか。これではたとえいつか脱出できたとしても、おのれの壮志をほんとうに果たせるものか……。杜甫の胸には前途への焦りと失望が渦巻いているのである。

痛憤に満ちた叙事詩――七言古詩・「陳陶《ちんとう》を悲しむ」（盛唐・杜甫）

さて中国では、杜甫の生涯を四つの時期に分けてみる趣がある。

Ⅰ　遊学時期　（七一二～七四五年）　一歳～三十四歳
Ⅱ　長安滞留の時期　（七四六～七五五年）　三十五歳～四十四歳

III　「安史の乱」に遭遇しつつ仕官する時期（七五六〜七五九年）四十五歳〜四十八歳

IV　西南漂泊期（七六〇〜七七〇年）四十九歳〜五十九歳

「春望」は第III期の作品であった。この時期はたった四年間だが、杜甫が詠み遺した作品は計二百四十九首になり、第II期の十年間の倍よりも多かった。第IV期の十一年間のうち、杜甫は七六〇年から七六五年にかけて成都を中心に過ごしていた。この五年間は「草堂時期」とも呼ばれ、杜甫の生涯においては比較的に平穏な年月であったため、作品の数は四百八十五首に及んでいる。「草堂時期」も含めて、第IV期の作品は総数千七十二首、全生涯の七十三パーセントになる。戦争の苦難を舐め尽くし、漂泊しつつ現実を見透かす目が鍛えられた杜甫は、詩人としていよいよ最高峰に達したのである。ここでは、第III期、第IV期に焦点を絞り、杜甫の作品、人生、および歴史そのものをたどってみる。次の「陳陶《ちんとう》を悲しむ」は、唐軍の陳陶における惨敗をリアルに詠んだ一首であり、創作時期は「春望」からやや遡り、至徳《しとく》元（七五六）年の冬である。

悲陳陶

孟冬十郡良家子

血作陳陶澤中水

陳陶を悲しむ

孟冬《もうとう》　十郡　良家の子

血は陳陶沢中《ちんとうたくちゅう》の水と作《な》る

野曠天淸無戰聲
四萬義軍同日死
群胡歸來血洗箭
仍唱胡歌飲都市
都人迴面向北啼
日夜更望官軍至

野曠《むな》しく天清くして戦声《せんせい》無く
四万の義軍《ぎぐん》　同日に死す
群胡《ぐんこ》　帰り来たって血もて箭《や》を洗い
仍《な》お胡歌《こか》を唱《うた》って都市に飲む
都人《とじん》　面《かお》を迴《めぐ》らして北に向かって啼き
日夜　更に官軍の至るを望む

（大意）初冬の十月、長安周辺の十郡から募った良家の子弟は戦場に倒れ、陳陶を血の海にしてしまった。曠野が広がって空が晴れわたり、戦いの雄叫びはもうどこにも聞こえない。なのに四万人の義軍はたった一日で全滅したのだ。

意気揚々と帰ってきた異民族の兵隊どもは血で矢を洗い、相変わらず異国の歌をうたいながら街で飲みまくる。わたしも都の人たちもその光景を見るに堪えず、ひたすら北へ向かって泣く。一日も早く、官軍の到来を待ち望んでいる。

至徳元（七五六）年の十月、当時の宰相——房琯《ぼうかん》は、西京の長安と東都の洛陽を奪還するべく、大軍を率いて咸陽に迫った。名高い文人であった房琯は、賊軍討伐に燃えているが戦闘の経験は全くなかった。そのうえ同志として従軍したのもほとんど戦士ではなく儒者であったのだ。彼は春秋時代の戦法に習い、二千台の戦車を推し出し、それに騎兵と歩兵を挟ませて、見るだけでも仰々しい陣を布く。賊軍を討つ正義の軍だから、それなりの気勢を見せないといけないとでも思ったのであろう。十月二十一日、両軍は咸陽の東に位置する陳陶斜《ちんとうしゃ》で会戦した。賊軍が風上から塵と鬨《とき》の声を揚げた途端、官軍の戦車を牽く牛たちが驚いて暴れ出す。そこで火攻めされて勝敗があっという間に決まった。戦車が騎兵にぶつかり、騎兵が歩兵を踏みつけ、大乱の中で官軍が味方にひかれて命を落とすか賊軍に殺されるかで死者は四万に達した。それでも二日後、房琯は敗軍を掻き集め、数千人を率いて陳陶附近の青坂《せいはん》で再び戦に挑んだがこれも完敗したのである。

「陳陶を悲しむ」を詠んだ時、杜甫はすでに賊軍に捕まって長安に拘禁されていた。ただその時の杜甫は官位にもついておらず、詩人としても王維ほどの高名ではなかったため、さほど厳重な監禁におかれてはいなかったらしい。むろん戦闘そのものを目撃したわけではなかったが、城中から出陣していく賊軍と、鷹揚に帰ってきた彼らの様子は目にしたに違いない。官軍の惨敗を知った杜甫の胸には悔しさ、悲しさ、そして憤慨でたぎっていた。

首聯の「孟冬」とは戦が行われた季節を指し、「十郡良家子」とは、官軍がみな西北の十郡（陝西省のあたり）から募った農家の子弟であることを言う。数万人による死闘であったはずなのに、頷聯は「野曠天清」をもって、熾烈な戦いが始まっていないうちに官軍がほとんど自滅した様子を描いている。それでも国のために命を落とした四万人を、杜甫は「義軍」と讃えた。ひっそりとした戦場に、おびただしい死骸が転がる惨烈な光景を彼は心で想像したのだろう。頸聯は、軽々と勝利を手にした敵の横柄さと、それを目の当たりにしながら何もできない杜甫の痛恨を表している。尾聯は、国家復興の求心力と見られた粛宗李亨が、一日も早く西北の霊武から大軍を差し向け、都を解放してくれるよう切願している。

ところで、「陳陶を悲しむ」は句数や字数においては七言律詩の形に見えるが、実は律詩ではないのだ。まず韻の使い方が変わっている。律詩なら一首の作品は一つの韻しか踏んではならず、発音の近いいわゆる「隣韻《りんいん》」の通用も、盛唐時代ではめったに例を見ない。晩唐や宋代になって初めて、「隣韻通用《りんいんつうよう》」が一種の流行になった。だが自由詩に近い「古体詩」（李清照《りせいしょう》の「如夢令《じょぼうれい》」を参照、九九頁）はそれと違って、「隣韻通用」は古くから許されていた。この作品を見てもわかるように、第一、第二、第四、第六句の韻字――「子――zǐ、水――shuǐ、死――sǐ、市――shì」は上声の「紙――zhǐ」の韻に属しているが、第八句の韻字――「至――zhì」は去声の「寘――zhì」の韻である。そもそも仄韻を用いること自体、ほとんど「古体詩」にしか例が見あたらないのだ。その他、平仄や対仗などにこだわらないこともやはり「古体詩」の特徴であるので、「陳陶を悲しむ」は律詩でなく古詩と見られるわけである。漢詩の規律や技法については「付録」で詳述するつもりでいるから、ここでは簡単に触れるだけにしておく。

「春望」を詠んで間もなく、杜甫は七五七年の四月に長安から脱出し、鳳翔《ほうしょう》まで移動した粛宗李亭のもとへ奔った。知人の推薦により、杜甫は都の現状をよく把握した人間として粛宗に謁見することが許された。恐らく杜甫の力強い陳情が功を奏したかと思うが、彼は五月十六日に粛宗から左《さ》拾遺《しゅうい》の官職を授かったのである。職権は皇帝の行動を諫めたり、人材を薦めたりすることであった。その時の作「述懐」に、次の一聯がある。

涕涙受拾遺　　涕涙《ているい》して拾遺を受《さず》かり
流離主恩厚　　流離《りゅうり》して主の恩　厚し

涙を流しながら拾遺という官職を授かり、危険を冒しつつ流離《さすら》ってきただけに、陛下の御恩は身にしみる、というのである。拾遺という官職は国策に意見できるポストで、一介の布衣《ふい》（庶民のこと）であった杜甫にとってはいかにありがたい官位であったかを物語っている。

ところで、著名な学者——郭沫若《かくまつじゃく》（一八九二〜一九七八）は、一九七一年に出版した『李白と杜甫』において、杜甫を出世欲の非常に強い人間として描いた。開元二十三（七三五）年と天宝六（七四七）年、杜甫は二回にわたり科挙の試験を受けたが、二回とも落第している。試験に失敗した彼は、今度はしきりにいろいろな権力者に詩文を送り、相手に賛辞を捧げた上で自分を朝廷に推薦するよう嘆願する。が、これもあまり反応がなかった。詩文による「自薦」は、唐代の文人ならほとんどやっていたことだから、別に珍しいことでも何でもないが、杜甫が「求食《きゅうしょく》の尾を苦揺《くよう》す

――食い物を求めるため尻尾を懸命にふる」（「秋日荊南述懐三十韻」）というほど自己卑下するのは潔くない。その上、杜甫が選んだ相手にろくな人物がいない、などなどである。

確かに、郭沫若の指摘はほとんどが的を射ている。わたくしも千二百数十年間という時の隔たりがあるので、杜甫の挙動をすべて理解できるわけではない。しかしそれほど出世欲の強かったはずの杜甫が、左拾遺になって二か月経つか経たないかのうちに、それを抛つような行動に出た。『新唐書』によれば、杜甫は房琯とは「布衣交《ふいこう》」であった。「布衣交」とは、貧しかった頃からの友達を指す。房琯は敗戦の咎で間もなく宰相を罷免されるが、杜甫はその弁護をするため強く申し立て、粛宗の逆鱗に触れ危うく首が飛びそうになった。新任宰相――張鎬《ちょうこう》のなだめによって、粛宗はかろうじて怒りを抑えたものの、杜甫への関心をも失せてしまった、というのである。

一見、杜甫は仕事に私情を挟んだので李亨に怒られたようであるが、実は『新唐書』のこの記述の裏に、重大な史実が隠されていた。前述のように、李亨は天宝十五（七五六）年の七月に霊武で帝位に即し、年号を「至徳」に改めた。しかしこの即位は、蜀に逃げた父親の玄宗と合意した上で行われたものではない。つまり李亨は、時局の混乱や、「馬嵬兵変」で楊貴妃を失った玄宗の意気消沈につけこんで玉座を奪ったのだ。それからの彼は、奪った政権をかためるよう、父親に仕えていた旧臣たちを一人、一人、粛清しようとする。その旧臣集団の中心人物は、ほかならぬ房琯であったので、陳陶敗戦が彼を失脚させる格好の口実となったのである。

李亨の意図を見透かした杜甫は、

「国が大難に見舞われているのに、陛下は大臣たちをおろそかに扱ってはいけません」

と自分の責務を果たすため強く諫めた。一方、李亨は、おまえを抜擢したのはこのおれなのに、なぜ旧臣側にまわるのかと逆上する。その場で殺されずに済んだのは幸いだったが、杜甫はこの事件をきっかけに官職を失うことになる。七五八年六月、彼は華州（陝西省華県）司功参軍《しこうさんぐん》に落とされるが、一年も経たないうちに自ら辞職したのである。

郭沫若が指摘した通り、確かに杜甫は出世欲の強い人間であった。しかし、彼はそれ以上におのれの信念を貫こうとした。李亨の旧臣粛清の陰謀を察した彼は、それを止めたり非難したりすれば、どんなひどい目に遭うかはおよそ見当がついていた。それでも彼は直言する。その結果を顧みず信念を貫いたところは、杜甫の高潔な人格を映し出しているのではないだろうか。

ちなみに、李亨が起こした旧臣粛清のリストには、房琯はもちろん、宰相崔渙《さいかん》、宰相張鎬、京兆尹《けいちょういん》（首都の長官）であった厳武《げんぶ》らの名も列ねられていた。突きつめて言えば、李亨の腹違いの弟で、玄宗の十六番目の息子の永王李璘《りりん》が、至徳二（七五七）年の春に李亨の命令によって撲滅されたのも、東南地域を守れという玄宗の命令を忠実に執行し、江南で実力を膨らませたからであった。

同じく至徳二年という年に、李白、杜甫は前後して死の危機にさらされた。李白は賊軍の南進を食い止めるはずの永王軍に加わったからであり、杜甫は旧臣粛清を諫めようとしたからであった。言ってみれば、いずれも国のためなのだ。しかし権力と関わったところに、李杜が求めようとした正義や仁徳などはない。その年末、上皇になった玄宗李隆基は、賊軍から奪還した都に戻ったのだが、七六二年に死去するまで宮中に軟禁されていた。彼の身の世話をしてきた宦官――高力士《こうりきし》は巫州へ流され、若い時から護衛をつとめてきた将軍陳玄礼《ちんげんれい》も致仕を強いられる。かつての帝王は息子の「孝行」によって、今や囚人同然の身となったのである。

季節の推移に託された望郷の思い――五言絶句・「絶句」(盛唐・杜甫)

さて粛宗の乾元《けんげん》二年は、西暦の七五九年にあたる。華州司功参軍を辞職した杜甫は、秦州《しんしゅう》(陝西省南鄭《なんてい》県)や同谷《どうこく》(甘粛省成県)のあたりを放浪した末、十二月一日に成都へ着いた。そこから、「草堂時期」を含める第Ⅳの西南漂泊期が始まったのである。間もなく、旧知の厳武は成都知事に任じられ、杜甫の貧しい日常にかなり世話を焼いたらしい。粛宗の死後、厳武は更なる出世を遂げ、七六四年には剣南東西川節度使《けんなんとうざいせんせつどし》(四川を中心に、甘粛の南部や雲南の北部を含める広い地域の長官)に任命された。杜甫と厳武との間柄が親密だったり険しかったりすることは、「秋興」ですでに触れたが(三一頁)、それでも杜甫一家は、いろいろな意味で厳武にかばってもらい、成都を中心に比較的に安穏な時期を過ごすことができたのである。次の絶句は、そのころ詠まれた名作である。

絶句　　　絶句

江碧鳥逾白
山青花欲然
今春看又過
何日是歸年

江《こう》碧《あおみどり》にして　鳥逾《いよいよ》白く
山青くして　花然《も》えんと欲す
今春　看《み》すみす又過ぐ
何《いつ》の日か　是《こ》れ帰る年ぞ

（大意）青緑の河に映えて、水面に戯れる鳥はますます白く見える。山の鬱蒼とした茂みに、咲き誇った花の紅色はまるで火のようだ。過ぎゆこうとする春は、またこの胸にひめる郷愁を呼び起こしている。いったいいつになれば、故郷へ帰れるものだろうか。

「江」とは、成都の南を流れる錦江《きんこう》を指す。言い伝えによれば、錦織をその江水で洗えば色がより鮮やかになるので、蜀の人が「錦江」と名づけたという。「碧」はもともと碧玉の意味であり、ここでは深い青緑の水面を形容している。前半は、江、鳥、山、花といった四つの景物に、それぞれ碧、白、青、紅の四色を添え、更に「逾」と「欲」をもって躍り出るような生気と動感を作り出したのである。しかし過ぎゆく春が喚起したのは、故郷へ帰る思いであった。色鮮やかなこの作品はやがて、いつ帰れるか、果たして帰れるのだろうかという不安の中でエンディングを迎える。「今春　看《み》すみす又た過ぐ」という句は、季節が目の前に推移しつつあるのに、それをとどめておくことができないというむなしさを漂わせている。季節の推移は、五十代に入り、身体の衰弱に悩

杜甫草堂（成都市）

む杜甫にとっては、おのれの命のエネルギーとともに消失し、二度と戻ってこないものであったのだ。たとえ春が来年またもめぐってくるとしても、すでに「今春」ではなくなっているはず。したがって、ここには「春望」の結びと同じく、年老いて壮志を果たせずという焦りと失望が底流となっている。果たして、杜甫は故郷へ帰ることができるのだろうか。

永泰元（七六五）年の四月、四十歳になったばかりの厳武が急逝し、剣南地域はまた大乱に陥った。寄る辺をなくした杜甫は、小舟をこしらえて家族とともに成都を離れたが、この「草堂時期」の終焉は、死を迎えるまで六年間にわたる漂泊の始まりを意味する。しかし故郷を思いつつ、杜甫はなぜ故郷――河南省鞏《きょう》県へ帰ろうとしなかったのか。その理由はまず、北方の広い地域が「安史の乱」の後も戦争状態にあったことだ。第二の理由は、杜甫がたくさんの挫折に遭ったものの、結果的には終生、参政の念を棄てきれないことである。焦りと失望の渦に巻きこまれながらも、彼はこの老体で何とかもう一度官職につきたいと思っていた。七六八年に詠まれた「江漢《こうかん》」という五言律詩の後半は、そのような心情を直訴している。

落日心猶壮　落日　心猶《な》お壮《そう》なり
秋風病欲蘇　秋風《しゅうふう》　病　蘇《よみがえ》らんと欲す
古來存老馬　古来　老馬を存《い》かして
不必取長途　必ずしも長途を取らず

ここの「落日」とは老年を指し、「秋風」とは身体の衰えを言う。訳せば次のようになる。

――年老いたとはいえ、この心にはなお壮志が秘められ、身体が衰弱しているが、病気は少しずつ回復している。古人が老馬を大切にしていたのは、長距離を奔らせるためではなく、道がよくわかるその知恵を重んじたからだ。

自ら「老馬」と喩えた杜甫は、その時点でもなおいつか自分の知恵が評価され、発揮する場を与えられることに夢を託していた。言い換えれば、人生の最後の六年間、彼はさすらいつつもずっと求職活動をつづけていたのだ。

国家の不幸と個人の悲しみ——五言律詩・「岳陽楼《がくようろう》に登る」（盛唐・杜甫）

大暦三（七六八）年の三月、杜甫は夔州《きしゅう》を発った。湖北に下り、江陵《こうりょう》を経由して湖南に入る。岳《がく》陽《よう》にたどりついたのは、その年の冬であった。「春望」を詠んで以来十一年の月日が経ち、杜甫はすでに五十七歳になっていた。

その日、彼は舟を岳陽城下につなぎ、憧れの岳陽楼に登り、そして生涯の名作を詠み遺したのである。

登岳陽樓

昔聞洞庭水
今上岳陽樓
吳楚東南坼
乾坤日夜浮
親朋無一字
老病有孤舟

岳陽楼に登る

昔聞く　洞庭《どうてい》の水
今上《のぼ》る　岳陽楼
呉楚《ごそ》　東南に坼《さ》け
乾坤《けんこん》　日夜《にちや》に浮《う》かぶ
親朋《しんぽう》　一字無く
老病《ろうびょう》　孤舟《こしゅう》有り

戎馬關山北
憑軒涕泗流

戎馬《じゅうば》　関山《かんざん》の北
軒《けん》に憑《よ》れば　涕泗《ていし》流る

（大意）昔は人から洞庭のことをよく聞いていた。今日はようやくこの湖に臨む岳陽楼に登った。かつて覇を争い死闘を繰り広げた呉と楚の大地は、湖の東と南に裂かれて横たわる。天と地は、昼となく夜となく広々とした水面に浮かんでいる。

しかしこの湖に目を遣った瞬間から、親類、朋友の消息がすべて絶たれた孤独は、じわじわとわたしの胸を締めつけている。老病に苦しむこの身に遺されたのは、今や前途知れぬ小舟一隻のみ。耳を澄ませば、城塞がそびえる山々の北から、軍馬の嘶きや戦士の雄叫びが聞こえてくるようだ。高楼の欄干によりかかって遠い空を見れば、国家とおのれの苦難が一斉に心底から涌き上がり、涙がとめどなくあふれてきた。

岳陽楼は、岳陽城の西門楼にそびえ、海のように広がる洞庭湖に臨んでいる。江西南昌《なんしょう》の滕王《とうおう》閣《かく》や、湖北武昌《ぶしょう》の黄鶴楼《こうかくろう》とともに「中国三大名楼」の誉れを持つ。言い伝えによれば、岳陽楼は、初め三国時代の呉の将軍――魯粛《ろしゅく》が水軍を訓練するために建てた閲兵台であったが、開元年間の名宰相――張説《ちょうえつ》によって新たに修築されたという。古くから、「洞庭、天下の水。岳陽、天下の楼」

と、一双の絶景として称えられてきたのである。
岳陽楼に登り、洞庭湖を見下ろした杜甫は、壮麗な景観から一種の驚喜を覚えた。彼は「昔」と「今」をもって、時を跨るスケールでその心情を語り始める。北魏の酈道元《れきどうげん》が編纂した『水経注《すいけいちゅう》』に、洞庭湖のことが次のように書かれている。

岳陽楼

「広さは五百里、日月もその中に出没するが若《ごと》し」

杜甫は頷聯でこの一節を踏まえて、天地日月を包容する湖の限りない風情をうたった。眼前の景色はいかにも平和と静謐に満ちている。しかしその平和は却って、国のあちらこちらに蔓延する戦禍を思い起こさせる。

頸聯の「親朋　一字無く」は、戦によって親類朋友の音信が途絶えた寂しさを嘆いたものだが、「春望」に見られる「家書　万金に抵たる」の一句と長い歳月を越えて唱和している。また西暦の七六八年ともなれば、杜甫の朋友と言うような者——李白、房琯、高適、厳武などは相次ぎ世を去っているので、杜甫と語りあえる朋友はほとんどいなくなってしまっていた。その上、老いと病を背負い、帰るべき家もない彼は、一家を連れて破れかかった小舟で漂泊しなければならない。壮志を果たすどころか、もはや家族に衣食を与えることすら困難になってきた。このやるかたない無力感と悲しみは、やがて憂国の心につながってゆく。なぜなら、杜甫にしてみれば、おのれの悲しみはすべて、国家の不幸と絡みあっているからだった。

作品はここまで、杜甫晩年の近体詩——絶句や律詩の多くと似て、基調は叙情的であった。が、尾聯の上句は突如として、力強い筆致で歴史的事件を描き出した。

『資治通鑑《しじつがん》』（北宋・司馬光）によれば、大暦三年、各地の軍閥が互いの領地を窺い、しばしば衝突を起こすかたわら、西の強国——吐蕃《とばん》は八月に、十数万の衆をもって襲いかかってきた。「安史の乱」で目覚ましい軍功を建てた郭子儀《かくしぎ》をはじめ、多くの武将がその侵入を食い止める戦に加わったという。「戎馬《じゅうば》　関山の北」とは、異民族との熾烈な戦いを指しているのだ。憧れの洞庭湖を眼前にしながら、杜甫は激しい歴史のうねりに呑みこまれる国家、万民、自分自身の悲哀にうちひしがれてただ涙を流すほかすべを知らなかった。

その後も、杜甫は狼煙をくぐってひたすら安住の地を見つけようとするが、しかし湖南にもとうとう戦火が及んできた。大暦五（七七〇）年、兵乱を避けるため、肺病、喘息などを抱えた杜甫は長沙から舟で南下したが、耒陽《らいよう》のあたりで倒れ、「孤舟」の中で息を引き取った。享年五十九歳であった。その遺骸はそそくさと葬られたようだが、四十三年後の八一三年に、杜甫の孫である杜嗣《とし》業《ぎょう》によって、ようやく故郷の河南に運ばれ改葬されたのである。

杜甫の一生は、ちょうど唐の国家が最盛期からどん底へ落ちてゆく激変の歳月にあたる。「安史の乱」という時代の分け目に立った杜甫は、おのれの浮沈を常に国家の盛衰と結びつけて人生の真意を追い求めていた。この生き方から、彼の作品にこもる「詩史」たる精神が育まれたのである。しかしそれにしても、限りない苦難を背負いながら、終生、参政の念を棄てない気力はいったいどこから生まれたのだろうか。出世欲は確かに強かろう。それに経済的困窮も杜甫を漂泊と求職に駆り立てた理由の一つだ。しかしわたくしは上元二（七六一）年、成都で詠まれた「茅屋《ぼうおく》の秋風《しゅうふう》の破る所と為《な》る歌」の一節から、それらの理由を遥かに凌いだものを見出している。

安得廣廈千万間　　安《いず》くんぞ広廈《こうか》の千万間《せんまんげん》なるを得て
大庇天下寒士倶歡顔　　大いに天下の寒士《かんし》を庇《おお》って倶《とも》に歓《よろこ》ばしき顔せん
風雨不動安如山　　風雨にも動かず　安きこと山の如し

（大意）……どうにかして千間も万間もある広い家を手に入れ、大いに天下の貧乏人を集めてそこに住まわせ、一緒にうれしげな顔を見合わせながら暮らしたいものだ。風に吹かれようと雨に打たれようと山のようにびくともしない家を……

「安得」という仮設的言葉は、ここでは強い願望を示している。自分の茅屋が秋風に破られ四苦八苦の立場にいたというのに、杜甫は同じ境遇にいる人々のことをまず思いやった。世界中の貧しい人に安住の家を与え、喜びを分かちあうことこそ、杜甫が求めてやまない立身出世の真義であり、彼の生き方を支えた究極の力量であったのだ。

杜甫が世を去ってから千三百年もの歳月が経った。しかしいつの世でも、家を持たず、戦乱や災難に苦しむ人々が数え切れないほどいる。自分はどうすべきか、これからいかに生きるべきか——杜甫の作品とその生き方は時空を越えて、今もなおわれわれにこの大いなる問いを投げかけているのである。

第四章

言志《げんし》——人生の真意を問う

I　遁世と出世

淡泊な詩風に炎を秘めて――五言律詩・「桐廬江《どうろこう》に宿り広陵《こうりょう》の旧遊《きゅうゆう》に寄す」（盛唐・孟浩然《もうこうねん》）

孟浩然は、襄州《じょうしゅう》襄陽《じょうよう》（湖北省の地）の人であり、永昌《えいしょう》元（六八九）年に地主官吏の家庭に生まれた。若い時、彼は後漢末年の隠士――龐徳公《ほうとくこう》に習い、襄陽の鹿門山《ろくもんざん》にこもり隠遁に近い生活を送っていた。しかし漢末の動乱期とは違い、彼が生きたのは、科挙制度がいよいよ熟成し、庶民階級に属する文化人の参政が大いに鼓舞された「太平盛世」であった。

――文を学んでまつりごとに携わるべし。

という時代の風潮に、彼はむろん影響されずにはいられない。浩然の山水詩に見られる「鴻鵠《こうこく》の志」という表現は、淡泊な詩風に秘められた炎のように輝いている。「鴻鵠の志」とは、大業を成しとげる理想を言い、『史記』の「陳渉《ちんしょう》世家」に出典が見られる。

「陳渉（名は陳勝）が若い時、雇われの身で人の土地を耕していた。いくら働いても、自分の腹

を満たすことさえできない。このどうしようもない貧しさに憤りを覚えた彼は、
〈いつか富貴の日が訪れたら、おれは決して今の苦労を忘れないぞ〉
と嘯く。まわりの小作人仲間は彼を見て、
〈雇われの身のくせに、富貴の日なんか訪れるもんか〉
と嘲笑った。そこで陳渉は、
〈燕雀《えんじゃく》、なんぞ鴻鵠の志を知らん〉
と、嘆きながら言い返した」
というのである。「燕雀」とは、食い物のためにせわしなく飛びまわる燕や雀といった小鳥を言うが、ここでは現状に甘んじるまわりの貧しい仲間を指す。「鴻鵠」はそれと違って、空を羽ばたく大鳥であり苦境からの解放を求める陳渉自身のことを喩えている。つまり、燕や雀のような小物は所詮、大鳥の志なんか理解できるはずもないということだ。その陳渉は後、秦王朝打倒を目指す群雄の先駆けになり、中国史上、初めての大規模な農民蜂起を指導したリーダーともなったのである。

さて唐代では、庶民階級に属する文人——いわゆる布衣《ふい》が出仕する道は、およそ以下の三つであった。

I　国家官吏登用の試験——科挙に及第して、中下級官吏からこつこつとつとめてゆく。

Ⅱ　要人の推薦によって官職につく。
Ⅲ　試験を受けず、特殊な才能によって為政者に認められ官職を与えられる。

三つの中、言うまでもなく一番目の道が最も一般的であった。開元十五（七二七）年の末、三十九歳の孟浩然は長安へ旅立った。かねがね敬慕しあっていた詩人——王維や王昌齢《おうしょうれい》らがみな、科挙に及第してそれぞれ官位についたのだ。浩然も、やがて自分の才能を発揮する時が訪れたと思い、科挙を通してまつりごとに携わろうと決心したのだが、思いもよらず落第してしまったのである。

失意を抱えて長安を発った孟浩然は、落第の衝撃を癒すため呉越のあたりに下り長い放浪を始める。次の一首は浙江《せっこう》の桐廬《どうろ》についた時に詠まれたものである。

宿桐廬江寄廣陵舊遊
桐廬江《どうろこう》に宿り広陵《こうりょう》の旧遊《きゅうゆう》に寄す

山暝聽猿愁　山暝《くら》く　猿愁《えんしゅう》を聴き
滄江急夜流　滄江《そうこう》　夜流《やりゅう》急なり
風鳴兩岸葉　風　両岸の葉に鳴り

月照一孤舟　月　一孤舟《いちこしゅう》を照らす
建徳非吾土　建徳《けんとく》は吾が土《さと》に非《あら》ず
維揚憶舊遊　維揚《いよう》　旧遊を憶《おも》う
還將數行涙　還《ま》た数行《すうこう》の涙を将《も》って
遙寄海西頭　遥かに海西《かいせい》の頭《ほとり》に寄せん

（大意）日暮れて山の色が深くなり、愁いを帯びた猿の鳴き声が聞こえてきた。青い大河は激しく流れて夜もやまない。風は両岸に佇む木々の葉に鳴りはためき、月は小舟を照らしながら旅人の胸に寂寞をもたらす。建徳の地は美しいけれどわが故郷ではない。永いさすらいはわたしに、揚州にいる旧友への思念をつのらせた。ああ、胸からあふれ出る涙をもって詩と化し、東海の西方なる地へ寄せたい。

桐廬江とは、銭塘江《せんとうこう》が浙江省桐廬県内を流れる一部を指すが、桐江《どうこう》とも呼ばれている。「広陵」や頸聯の「維揚」はともに江蘇省揚州の別称である。

同じく頸聯の「建徳」とは、桐廬江に臨む浙江省建徳県を指す。孟浩然はこの聯で魏の名士——王粲《おうさん》の「まことに美なりといえども吾が土《さと》に非ず」（「登楼の賦」）という句を踏まえ、異郷をさすらう自分の、友人に対する思念が日増しに深くなってきたことを表している。結びの「海西頭」もまた揚州の別称であったが、揚州が東海の西に位置していることから由来する。かつて隋の煬帝《ようだい》は、龍舟を浮かべて長江の南北を豪遊した時にこう吟じていた。

「借問《しゃもん》す、揚州　何れの処にかあらん。淮南江北海西頭《わいなんこうほくかいせいとう》」（「龍舟を浮かぶ」）

口語に訳せば、「揚州がどこにあるかときくなら、淮水《わいすい》の南、長江の北、そして東海の西だよ」というようになる。浩然はそれを意識していたのだろう。

さて、多くの詩論家は孟浩然の詩風を「淡雅《たんが》」と評している。右の五言律詩を見ればなるほどとも思う。山瞑《さんめい》、猿愁《えんしゅう》、滄江《そうこう》、夜流《やりゅう》、風鳴《ふうめい》、月照《げっしょう》など、実に薄墨で書かれた山水画のようだ。しかし詩人が旧友へ寄せた思念の涙は、永い羈旅《きりょ》の身に滲みる孤独と、砕かれた「鴻鵠の志」を悼んだものでもあったのだ。

洞庭湖を讃え、自らを推薦する気品高い一首——

五言律詩・「洞庭湖《どうていこ》を望んで張丞相《ちょうじょうしょう》に贈る」（盛唐・孟浩然）

さて、科挙をしくじった孟浩然はその後、上述した第二の道を歩もうとした。それも人格者の誉れが高い詩人でもある宰相張九齢《ちょうきゅうれい》を相手に、おのれの出仕しようとする意志を婉曲に伝えたのである。

望洞庭湖贈張丞相

洞庭湖を望んで張丞相《ちょうじょうしょう》に贈る

八月湖水平
涵虚混太清
氣蒸雲夢澤
波撼岳陽城
欲濟無舟楫
端居恥聖明
坐觀垂釣者
徒有羨魚情

八月　湖水平《たい》らかなり
虚《きょ》を涵《ひた》して　太清《たいせい》に混《こん》ず
気は蒸《む》す　雲夢沢《うんぼうたく》
波は撼《ゆる》がす　岳陽城《がくようじょう》
済《わた》らんと欲するも舟楫《しゅうしゅう》無く
端居《たんきょ》して聖明《せいめい》に恥ず
坐《ざ》して観る　釣りを垂るる者を
徒《いたず》らに　魚《うお》を羨《うらや》むの情有り

（大意）八月、洞庭の水は漲り、岸にまで上がっているように見える。眺めを極めれば、遠い水平線は青空と接して見分けさえつかない。水面から立ちのぼる煙波は雲夢の沼沢まで漂い、その生霊草木に潤いを与えつづける。風に湧きおどる波浪は威力を奮い、岳陽の城がゆらぐかと思うほど打ち寄せてくる。湖を渡りたいと思うが舟はなく、この盛時に生きながら何の功業をも建てないのはまことに恥ずかしい。ただ岸辺に座り、釣り糸を垂れている方を観てはひたすら羨ましいと思うのみ。

洞庭湖の水量は、季節によって大幅に変わり、夏から秋にかけて水位が一番高いと言われる。「八月　湖水平らかなり」は、そのような季節感をみごとにとらえた一句である。「虚を涵して」という表現は、空を映し出しながら、更にそれを包み込む洞庭湖の気迫を讃えている。「雲夢」は古代、長江に跨る二つの沼沢の名であったが、江北のほうは「雲」といい、江南のほうは「夢」という。いずれも後、泥沙の流入によって陸地となっている。この一句は、洞庭湖の水気が雲夢にまで立ちこめたことを感嘆し、湖の壮大さをいっそううたいあげている。「波は撼がす　岳陽城」は、波に打たれた城が揺らいでいるのではないかと洞庭湖の威勢を活写しているが、宋代の范致明《はんちめい》は『岳陽風土記』で、この一句について次のように書いている。

「（岳陽）城は湖の東北に位置するが、百里の湖面に西南風がよく吹く。夏や秋になると水が漲《みなぎ》り、濤声《とうせい》は一万の太鼓が敲かれているように聞こえ、昼も夜もやまない」

ちなみに、この聯に見られる縦横自在な叙景は、杜甫の「呉楚《ごそ》東南に坼《さ》け、乾坤《けんこん》日夜に浮かぶ」（「岳陽楼に登る」、一八三頁）という一聯とともに洞庭湖、岳陽楼を吟じた最もすばらしい詩文として知られている。

ここまでの前半は、完全に叙景的なものであったが、起承転結の転にあたる頸聯に至ると、孟浩然は真意を切り出した。

頸聯の上句は、前漢の名士、孔子の十一代目の孫——孔安国《こうあんこく》（約紀元前一五六年から前七四年の間に在世）の「大水《たいすい》を渡るに、舟楫《しゅうしゅう》を待つ」という句を踏まえている。「舟楫」とは、舟と楫《かじ》を言う

洞庭湖より岳陽楼を望む

が、「済らんと欲するも舟無く」は、今まで出仕しようとした自分を推薦してくれる人がいないことを嘆いている。「端居」とは隠遁を指す。「聖明」は、明君だった玄宗を讃える言葉だが、転じてこのような盛時に活躍している張九齢のことをも賛美している。しかし「恥」によってつながれたこの句はやはり、学業を完遂したにもかかわらず、明君に仕え得ないことを悔やんでいる。最後の二句は、「用事」を行っている。漢の劉安《りゅうあん》（紀元前一七八?〜一二二）の『淮南子《えなんじ》』に、

「河に臨んで魚を羨むは、家に帰りて網を結ぶに如かず」

という文がある。人が釣りしているのを羨むより、漁網を結んでから河に臨んだほうがいいという意味である。孟浩然はそれを踏まえながら、まつりごとに携わる抱負が未だ遂げられず、真の知己にめぐり会いたい心情を切に訴えている。「垂釣者」は、

ここでは国政を把握している張九齢を喩えているが、相手に敬慕の意を表しつつ、一介の布衣であった自分があなたに追従することができず、ただ羨んでいるというもどかしさを伝えたのである。ずばり言うと、孟浩然の真意は「自薦」にあった。しかしこの作品は堅苦しさを全く感じさせない。後半はすべて参政の意志を伝えようとしているものの、それでも湖をめぐった展開がくずされていない。高位の張九齢に切願していながら、自己卑下せず、気品の高い孟浩然らしい一首であった。

最後に触れておきたいが、開元二十五（七三七）年、張九齢が荊州《けいしゅう》長史に左遷された時、浩然を幕僚として招いている。ある意味では、孟浩然の詩による「自薦」が功を奏したとも言えよう。わずか一年ほどで健康の原因で退官したのだが、「荊門《けいもん》にて張丞相に上《たてまつ》る」、「張丞相に陪《したが》って嵩陽《すうよう》楼《ろう》に登る」といった一連の作品は、政治抱負が叶ったわけではないが、一人の知己にめぐり会えた真情を垣間見せている。

開元二十八（七四〇）年、王昌齢は放逐先の嶺南から帰る途中、襄陽に立ち寄り浩然を訪れた。二人が久しぶりに会って心ゆくまで酒を飲んだまではよかったのだが、そのとき食べた刺身がもとで食中毒を起こし、生来身体の弱かった孟浩然はそのまま死去する。享年五十二歳であった

国家、民族とともに生きる――七言律詩・「薊門《けいもん》を望む」（盛唐・祖詠《そえい》）

唐代に編纂された詩集――『河嶽英霊集《かがくえいれいしゅう》』に、祖詠の作品が次のように論じられている。

「気風はそう高くはないが、構想の精緻と超俗の調べを持っていたため、才子と称されるに足る」

要するに、祖詠は一代の詩風を築くほどの大詩人ではなかったが、作品の構想が常に巧妙で、センスにも俗を凌ぐものがあったので、時めいた才子と称されるには充分だというのである。

祖詠の生い立ちはほとんど伝えられていない。聖暦《せいれき》二（六九九）年に生まれ、天宝《てんぽう》五（七四六）年に没したとされているが、それも推測に過ぎない。知られているのは洛陽の人で、開元《かいげん》十二（七二四）年に進士に及第し、そして王維と親交を結んでいたことなどである。その仕官に関する記録はあまり見あたらないが、次の一首を読むと、彼が国に尽くす志に燃えていたことがわかる。

望薊門　　　　薊門を望む

燕臺一去客心驚　　燕台《えんだい》　一たび去《い》って　客心《かくしん》驚く
笳鼓喧喧漢將營　　笳鼓《かこ》　喧喧《けんけん》たりて　漢将《かんしょう》の営《えい》
萬里寒光生積雪　　万里の寒光《かんこう》　積雪に生じ
三邊曙色動危旌　　三辺の曙色《しょしょく》　危旌《きせい》に動く
沙場烽火侵胡月　　沙場《さじょう》　烽火《ほうか》　胡月《こげつ》を侵し

海畔雲山擁薊城
少小雖非投筆吏
論功還欲請長纓

海畔《かいはん》 雲山《うんざん》 薊城《けいじょう》を擁す
少小《しょうしょう》より投筆《とうひつ》の吏《り》に非《あら》ずと雖《いえど》も
功《こう》を論ぜんには還《ま》た長纓《ちょうえい》を請わんと欲す

（大意）燕台の地に来て薊門を一望すれば、旅慣れたわたしさえ驚きを覚えた。天に轟かんばかりの軍楽は、漢の将兵の士気を奮い立たせている。万里のかなたまでつづく、この寒々しい光景は積もる雪から生まれ、国境の曙のあかね色に染まった軍旗は、高く誇らしげにはためく。戦場に立ちのぼる狼煙は異国の月を遮り、海と山は南北から薊州の城塞をかこんでいる。わたしは若い時から戦士になろうと思ったことはないが、この峻烈な風景と緊迫な空気に身をおいた今、やはり長纓をいただき蛮王を縛りつけて朝廷に功を請いたいと思った。

薊門は、薊丘《けいきゅう》ともいい、北京の徳勝門《とくしょうもん》の外にあった。盛唐時代に、このあたりは幽州《ゆうしゅう》（北京の西南）節度使の管轄下におかれ、東北の遊牧民族――契丹《きったん》との衝突に備える重鎮であった。

開元二十一（七三三）年、契丹王――可突于《かとつう》は北方の突厥《とっけつ》（トルコ系の遊牧民族）と手を結んで来襲した。暮春、幽州の副総監――郭英傑《かくえいけつ》は一万の軍勢を率いて、同盟関係にあった奚《けい》（東北の遊牧民族）の軍と都山《とざん》（河北省青龍の西北）の付近でこれを挟撃しようとするが、しかし戦場に臨んだ奚軍は突厥の到来に恐れをなして無断で退いた。挟撃するはずの唐軍は、逆に挟撃される羽目になり、郭英傑をはじめ皆殺しにされてしまった。
その敗勢を挽回すべく、朝廷は翌開元二十二（七三四）年、百戦錬磨の勇将――張守珪《ちょうしゅけい》を幽州節度使に抜擢して守備にあてがう。張はすかさず軍勢を整え、六月に薊門を出て契丹軍を迎え撃つ。年末には契丹王――屈烈《くつれつ》と可突于を討ち果たし、東北地域に一時の平穏をもたらしたのである。「薊門を望む」が詠まれたのは、東北辺境における戦闘がいよいよ白熱化した時であった。十年前に進士に及第した祖詠が、恐らく公務で幽州に派遣されたのだろう。

冒頭の燕台は、河北省易《えき》県の東南部にあったが、黄金台《おうごんだい》とも呼ばれていた。戦国時代、衰えた国力を立て直すべく、燕《えん》の昭王《しょうおう》（紀元前三一一～前二七九）が礼をもって天下の賢士を招くため築いた高台である。ここでは平盧《へいろ》、范陽《はんよう》の広い地域を指す。このあたりにさしかかった祖詠は薊門を眺め、風雲急を告ぐ辺境の様子を自分の内心の「驚き」から描き始めた。

荒野に響きわたる軍楽、漢軍（唐の軍を指す）の高い士気、寒々しい光を放つ刀剣、万里の積雪に高くはためく真っ赤な軍旗、目に入るものはすべて詩人の心を驚かせている。「三辺」とは、漢代に匈奴や鮮卑族の侵入を防ぐために設けられた幽州（河北一帯）、並州《へいしゅう》（山西一帯）、涼州（甘粛一帯）といった三つの重鎮であり、辺境を喩える言葉として使われている。漢から唐に至り、時は千年近くも流れていった。しかし民族間の争いはいまだに絶えようとしない。燕台の地を訪れ薊門を一望すれば、血みどろな戦が今にも始まろうとしている。頷聯は祖詠の「驚き」をいっそうひきたたせたのである。

頸聯は、天険に拠った薊城の景観を描いているが、「海」とは薊城の遥か南に広がる渤海を指し、「山」とは北側に横たわる燕山《えんざん》山脈を言う。また、上句の「胡月を侵し」は唐軍の攻勢を喩え、下句の「薊城を擁す」は万全の守備を意味している。

尾聯には、二つの故事が詠みこまれている。上句の「投筆の吏」は、『後漢書』（劉宋・范曄《はんよう》）の「班超《はんちょう》伝」に基づいたものである。

「漢の代、貧しい出身の班超は、若い時に小役人の仕事をしていたが、ある日、彼は筆を投げ捨てて嘆いた。

〈好男児は異郷で武勲を建て爵位を獲得するべきものだ。もうこれ以上、筆や硯に時を費やしていられない〉

それから班超は軍に入り、やがて西域を平定した名将になり、定遠侯《ていえんこう》の爵位を与えられるに至った」

下句の「長纓を請う」は、『漢書』（後漢・班固）の「終軍《しゅうぐん》伝」を踏まえている。

「南越との和親をはかるため、終軍は使者として派遣された。出発前、彼は武帝に、

〈長纓（長い縄）をいただければ、必ず南越王を縛りあげ連れて参りましょう〉

と誓った。終軍の説得により、南越王は漢に帰順した」

祖詠は二つの故事を通して、時空を跨る民族紛争の画面に立体感をもたらした。頸聯までは、題

の「望」をめぐった展開であり、尾聯は国境を守る戦いで勲功を建てたいという詩人の志を表している。

思うに、たった五十六文字の七言律詩がこれだけのロマンを創り出すには、むろん「構想の精緻」というものがなくてはならない。しかしその力強い調べには、やはり国家、民族とともに生きる盛唐の詩人が背負った時代精神がひしひしと躍動しているのである。

俗習に染まらぬ孤高な魂——七言絶句・「芙蓉楼《ふようろう》にて辛漸《しんぜん》を送る」（盛唐・王昌齢《おうしょうれい》）

芙蓉楼は、潤州《じゅんしゅう》（江蘇省鎮江《ちんこう》）にあったが、城の西北端にそびえ、長江を俯瞰《ふかん》し江北を眺める景勝として知られていた。

開元二十九（七四一）年、江寧丞《こうねいじょう》（南京の副知事）に任官した王昌齢は、上洛する友人——辛漸《しんぜん》を潤州まで見送り芙蓉楼で餞別の宴を開いた。次の七言絶句は、翌朝、長江の畔で別れた時に詠まれている。

芙蓉樓送辛漸　　芙蓉楼にて辛漸を送る

寒雨連江夜入呉　　寒雨《かんう》　江《こう》に連なって　夜　呉に入《い》る

平明送客楚山孤
洛陽親友如相問
一片冰心在玉壺

平明《へいめい》　客《かく》を送れば楚山《そざん》　孤《こ》なり
洛陽の親友　もし相問《あいと》わば
一片《いっぺん》の氷心《ひょうしん》　玉壺《ぎょくこ》に在りと

（大意）つめたい雨が降り注いでやまない。揚子江の上に水気が立ちこめて、雨と江とはまるで一つになったようだ。この長い夜に、われわれも雨や江水とともに呉の地に流れてきた。明け方、北へ向かおうとする辛漸と手を握って別れを惜しむ。あなたの遠ざかる舟を、わたしは独りそびえる楚山のように立ちつくしたまま見とどけるだろう。

洛陽に着いてから、もし親友たちにわたしのことを尋ねられたら、こう答えて欲しい。――玉壺に輝く氷のような心を、わたしは相変わらず持っているのだと。

王昌齢は、聖暦《せいれき》元（六九八）年前後に生まれ、至徳《しとく》二（七五七）年に没している。字を少伯《しょうはく》といい、長安の人であった（太原《たいげん》の人という説もある）。開元《かいげん》十五（七二七）年に科挙に及第した後、弘《こう》文館《ぶんかん》の校書郎《こうしょろう》に叙される。校書郎は、宮中の文書や典籍を管理する下級官吏であった。開元年間（七一三〜七四一）、彼は当時の大詩人たち――王之渙《おうしかん》、孟浩然、李白、高適《こうせき》と唱和して詩壇を大いににぎわわせたが、特にその七言絶句は、誰にもひけを取らないほど雄大かつ優美であったため、当時でも巷で流行していた。

詩才に富んだ王昌齢であるが、官界では好運に恵まれなかった。その自由奔放な生き方と、俗習を顧みない振る舞いは多くの非難や誹りを招き、やがて二度も僻地への左遷を余儀なくさせられてしまったのである。

一度目は、開元二十七（七三九）年に嶺南《れいなん》（広東広西のあたり）へ飛ばされた。一年ほど経ったところでようやく江寧《こうねい》（南京）まで戻ることができたのだが、そこで讒言により再び龍標《りゅうひょう》（湖南省黔陽《けんよう》）へ落とされる。李白の作――「王昌齢の龍標へ左遷せらるるを聞き遥かに此の寄有り《こ　き》」は、王昌齢の官界における境遇を思いやって吟じたものである。

さて、「芙蓉楼にて辛漸を送る」が詠まれたのは、江寧丞に在任した時であり、つまり二度目の左遷の直前であった。誹謗中傷に遭った彼は、この作品を通して自分の潔白を表明し、洛陽で心配してくれている友人たちに伝えるよう辛漸に託したのである。

作品は朦朧たる江南の雨景色から詠み起こしている。とめどなく降りしきるつめたい雨と、水面との見境がなくなっているようだ。その寒気が今、ふと詩人の心に沁みた。起句の「呉」と承句の「楚」とは、辛漸が赴く洛陽との対照として広く長江両岸の地域を指している。「平明」とは明け方のことだが、その薄暗い中、辛漸はやがて遠ざかってゆく。「楚山孤」とは、別れを惜しんで立ちつくしたまま辛漸を見とどける自分のことを言うが、ぽつんと独り佇む楚山のように寂寞に包まれている。

六朝の詩人——鮑照《ほうしょう》（?〜四六六）の「白頭吟《はくとうぎん》に代《なぞら》う」に、「清きこと玉壺の氷の如し」という句があったが、玉壺の氷は清廉潔白な人格に比喩されていた。王昌齢はこれをふくらませて「一片の氷心　玉壺に在りと」と吟じ、まわりの中傷を一蹴して、逆境におかれたおのれの「氷清玉《ひょうせいぎょっ》潔《けつ》」たる魂を作品にこめた。二十八文字が織り成した画面に、雨の中でそびえ立つ楚山と、玉壺にある氷の如き心とが向きあい、そこに詩人の俗習に染まらぬ孤高な人格が煌めいているのだ。

民族紛争に苦しむ人々の悲哀をうたう——七言絶句・「出塞《しゅっさい》」（盛唐・王昌齢）

前述したように、王昌齢は七言絶句の大家であり、その辺塞詩も特に有名であった。

出塞

秦時明月漢時關
萬里長征人未還
但使龍城飛將在
不教胡馬度陰山

出塞

秦時《しんじ》の明月　漢時《かんじ》の関《かん》
万里長征《ばんりちょうせい》して　人　未だ還《かえ》らず
但《た》だ龍城《りゅうじょう》の飛将《ひしょう》　在らしめば
胡馬《こば》をして　陰山《いんざん》を度《わた》らしめじ

（大意）秦の山河を照らしていた明月は今も空にかかっている。漢の代に造られた要塞は今も佇んでいる。万里の彼方へ行かされた兵士よ、君たちは今も故郷へ帰ることが出来ない。もしも、匈奴《きょうど》の巣窟――龍城を震いおののかせた「飛将軍《ひしょうぐん》」のような勇士がいさえしたなら、異民族の騎兵に陰山を越えてわが麗しい国を蹂躙させるようなことはあるまいものを。

さて、月を眺めるという行為や「明月」という言葉自体に、常に思念の意がこめられていることはしばしば触れておいた。「関」とは、むろん外敵を防ぐ要塞を指す。作品は冒頭から、遠い戦場で郷愁を抱えた兵士の姿を目に浮かばせる。そこで、時代を表す「秦」、「漢」という表現は、兵士たちの思念と郷愁にいっそう悲愴な色をつける。秦から唐まで、時はざっと千年ほど流れてきた。しかし「明月」と「関」が少しも変わっていない。同様に、戦に駆り出された兵士が故郷を思っているのに故郷へ帰れないという悲しい状態も全く変わっていないのだ。

二句目は書物によっては、

「万里の道を遠征して来た人、私は、まだ故国に帰ることができない」（『唐詩選』岩波文庫）

「遠く万里のこの地に出征してきた人（わたし）は、いまだに故郷に帰れないでいる」

（『中国名詩選』岩波文庫）

などと訳されている。間違いではないものの、やはり特定の個体を指しているようなイメージを与えてしまう。それによって、詩人が抱えた大いなる憂えとその深遠な視線はだいぶ縮められた気がしてならない。思うに、「秦」、「漢」、「万里」などがそれぞれ時間と空間を表している限り、この悲しみは決して個人的なものではなかったはずだ。詩人がうたおうとしたのは、千年にわたって辺境の民族紛争に喘ぎ苦しんできた、人々の共同の悲哀であったに違いない。

開元年間に入って以来、内陸では平穏な日々がつづいて、大きな戦闘はほとんどなかった。逆に、四方の辺境から時々有事が告げられるため、唐の精鋭部隊は全部、辺境に駐屯させられている。

西の吐蕃《とばん》、南の南詔《なんしょう》、北の突厥《とっけつ》、東北の奚《けい》や契丹《きったん》との間に戦が絶えなかったにもかかわらず、これまでの功績に満足しきった玄宗皇帝をはじめ、為政者たちはひたすら「太平盛世《たいへいせいせい》」に酔いしれている。大いなる苦難が跫音をしのばせて近づいてきている――詩人の心は不安と憂慮に満ちていた。せめて「飛将軍」のような勇士がいればと、彼は思った。

飛将軍李広《りこう》は、漢代、隴西成紀《ろうせいせいき》（甘粛省秦安《しんあん》県）の人であるが、武芸を尊ぶこの地域に生まれ育った彼は、幼い時から馬術と弓矢の厳しい訓練を受けていた。

当時、蒙古草原に生息する諸々の集落を、騎馬軍団の勢力で制圧した少数民族――匈奴は、強大な国を作り上げ、時々漢の北方辺境を脅かしていた。郷を守り、戦場で男児の功名を建てるため、李広は軍に身を投じて戦に明け暮れた。その勇壮な戦いぶりに、豪胆な匈奴の兵士さえ恐れをなして、畏敬の念を込めて「飛将軍」というあだ名を彼につけた。

「今にも矢を飛ばしてくる将軍」

という意味であった。

長い戦いの中で、李広は辺境各地の太守をつとめていたが、特に右北平《うほくへい》（今の北京）を守った数年間、匈奴の騎馬隊は「飛将軍」をおそれて、敢えてその地を窺おうとしなかったのである。

――もしも今、李広のような優れた武将がいたら、決して敵に陰山《いんざん》（「勅勒《ちょくろく》の歌」を参照、五一頁）を越えさせたりはしないだろう。

王昌齢は、絶えざる戦に苦しむ民を思い、国家の安泰を憂えてこの「出塞」を詠んだ。鋭い感覚を持った彼は多くの識者と同様に、やがて襲ってくる不幸――足掛け九年間に及ぶ「安史の乱」を朧気ながら予見したのである。

至徳二（七五七）年、亳州刺史《はくしゅうしし》であった閭丘暁《りょきゅうぎょう》は私憤を晴らすため、大乱に乗じて王昌齢を投獄し殺した。その強情で残虐な閭丘暁はのち、合戦に遅れたため同じ年の十月に軍法にかけられた。処刑の前、彼は叩頭して、

「わたしが死んだら、家の年老いた母を養う人がいなくなります……」

と命乞いをする。ところで閭丘暁を裁き、軍法会議を主宰していたのは宰相張鎬《ちょうこう》であった。彼は、

「ではきくが、王昌齢の年老いた母はいったい、誰が養うというのか」

と逆に詰問した。それを聞いた閭丘暁は、沮喪した顔をして黙ったまま処刑されたと、史料に書かれている。その張鎬は同じ至徳二年に、粛宗の逆鱗に触れた杜甫を助け、翌年には流刑先の李白

に絹の衣や金品を送っていたのである。

さて、王昌齢は五十歳で悲運の最期を迎えたが、しかしその玉壺に在る氷の如き心は、後世の人たちに計り知れないほどの励みを与えてきた。逆境に立たされた時、おのれの行いが誤解や非難を招いた時、われわれは常にこの作品を朗詠し、そこから生き抜く勇気と自信を汲み取ろうとしているのである。

春風に蘇る大地の喜び——五言律詩・「古原《こげん》の草を賦得《ふとく》して、別れを送る」(中唐・白居易)

『幽閑鼓吹《ゆうかんこすい》』(唐・張固)という説話集に、白居易のことが書かれている。

初めて上京した若い白居易は、自分の詩文を携えて高名の詩人——顧況《こきょう》をたずねた。「居易」という名刺を見て、顧況は彼をしばらく睨み、からかって言った。

「米の価まさに貴《たか》く、**居**《す》むも亦た**易**《やす》からず」

つまり、米の値段が高騰しているので、都とはいえ居《す》み易《やす》い場所ではないぞ、ということである。そう言いながら顧況は白居易の作品に目を通した。「古原の草を賦得して、別れを送る」という作品の、

「野火《やか》焼けども尽きず、春風《しゅんぷう》吹いて又《また》生ず」

まで読んだ時、彼は思わず賛嘆の声を揚げた。

「箇《かく》の如《ごと》き語を道《い》い得れば、居《す》むも易《やす》からん」

訳せば、このような詩が創れるなら、居むのも易かろうということになる。その後、顧況は白居易の名を揚げるべく尽力した、という。

この物語はのち、『唐摭言《とうせきげん》』（五代・王定保《おうていほ》）、『北夢瑣言《ほくむさげん》』（孫光憲《そんこうけん》）、『旧唐書《くとうじょ》』、『唐語林《とうごりん》』（宋・王《おう》讜《とう》）、『全唐詩話』（宋・尤袤《ゆうぼう》）などにも引用されている。ちなみに顧況と面会した白居易はまだ十六歳だったという。信憑性のほどは判断しかねるが、「古原の草を賦得して、別れを送る」という作品が唐の代にすでに多くの人に賞賛されていたことは間違いないようだ。

賦得古原草送別　　古原の草を賦得して、別れを送る

離離原上草　　離離《りり》たる　原上《げんじょう》の草
一歳一枯榮　　一歳に一たび枯栄《こえい》す
野火焼不盡　　野火《やか》　焼けども尽きず
春風吹又生　　春風《しゅんぷう》　吹いて又《また》生ず
遠芳侵古道　　遠芳《えんぽう》　古道《こどう》を侵し
晴翠接荒城　　晴翠《せいすい》　荒城に接す
又送王孫去　　又　王孫《おうそん》の去るを送る
萋萋滿別情　　萋萋《せいせい》として　別情《べつじょう》満つ

（大意）野原を覆い尽くした草は、年一度に枯れたり茂ったりを繰り返している。野火さえそれを焼き尽くせず、春風が吹き渡るころ草はまた生え茂ってくる。その薫りは生きる喜びにあふれ、遠方へ延びる古道にまで漂う。春の日差しにきらめく緑は、荒城の寂れた佇まいを異様な色に染めた。旅立つ友よ、野原を見渡してごらん。生い茂った草ぐさにも離別を惜しむ情が満ちみちているのだ。

作品は五言律詩の形を取っている。題の「賦得」とは、指定された題で詩を創ることを指す。したがって試験を受けるための作ではないかという指摘もあったが確証はない。しかしこの作品が、起承転結、音韻、対仗といった規律を踏まえた上、離別を味わい深く吟じているところは、天下に名を轟くほどの詩才を、若い白居易がすでに持っていたことを物語っている。

首聯は題に応じて、まず「離離」という言葉で草の繁った様子を写した。「一歳に一たび枯栄す」は、自然の規律にしたがって枯れたり茂ったりを繰り返す現象を説く。白居易が「栄枯」という言葉を用いず逆に「枯栄」にしたのは、「庚《こう》」の韻を踏むためであり、同時に「枯」れた後は必ず「栄」える時が訪れてくるということを暗示しようとしたのであろう。

頷聯は、起承転結の規則にしたがえば「承」にあたる。ここでは上句の「野火」が首聯の「枯」、下句の「春風」は首聯の「栄」という意を承けている。その上、自然界における生と死の闘いを描き、野火で焼け焦げた大地の春風に蘇る喜びを壮烈なほどに表している。

頸聯の「遠芳」は薫り、「晴翠」は色彩、いずれも草の生命力を強調している。また「侵」や「接」という動詞も、春の古原を背景に生を思う存分に享受し、成長してゆく草の性格をみごとにとらえている。かと思うと、尾聯の「別情」につなぐため、白居易はさりげなく「古道」と「荒城」という絶好の舞台を提供したのだ。

ところで『楚辞《そじ》』の「招隠士《しょういんし》」に、次のような一文がある。

「王孫遊兮不歸、春草生兮萋萋——王孫遊《あそ》んで帰らず、春草《しゅんそう》生じて萋萋たり」

尾聯はこの成句を巧みに用いて、旅に出る友人を高貴な「王孫」と讃えながら、自分の別れを惜しむ情が繁る春草のように満ちみちていることを伝えたのである。

この作品は指定の題に応じて創られたものではあるが、堅苦しさが全然なく、むしろ一字一字に詩人の若々しい心が博動しているようだ。唐詩の最も優れた五言律詩の一首として、中国では老幼問わず知れ渡っているが、殊に顧況の心を動かしたという頷聯は、逆境に立たされ絶望の淵に落ちかけた人々に、

「春がめぐってきたらすべてはまた蘇る」

と語りかけ、生きる意志を与える名吟としても深く愛されている。

白居易は、字を楽天《らくてん》といい、大暦《たいれき》七（七七二）年に鄭州《ていしゅう》新鄭《しんてい》（河南省新鄭県）に生まれていた。五歳の頃から詩を創り始めたと言われている。貞元《ていげん》十六（八〇〇）年に進士に及第した後、校書郎

の官職を与えられるが、元和《げんわ》二（八〇七）年には、その文才が評価され詔勅《しょうちょく》を起草する翰林《かんりん》学士に昇進し、翌年は更に左拾遺《さしゅうい》を兼職するようになったのである。

その間、白居易は元稹《げんしん》、李紳《りしん》、張籍《ちょうせき》、王建《おうけん》らとともに大量の楽府《がふ》詩を創作し、時事に着眼する現実主義文学の気運を高めた。その目覚ましい活動は後、新楽府運動と名づけられたのである。

作詩にあたって、白居易は常に「平易」ということを大切にし、わかりやすさを重んじていた。言い伝えによれば、彼は新しい作品を創る度、文字を読解できるのみの無学な老婆に読んでもらう。その老婆が頷いて完全に理解するまで、彼は一字一字直してゆくという。ただの伝説かも知れないが、白居易が自ら「新楽府の序」で唱えた——

「君の為、臣の為、民の為、物の為、事の為に作り、文の為に作らざるなり」

という、文学の真価、および普遍性を究めようとする精神を幾ばくか顕わしていると思う。

世の浮沈を平然と——七言律詩・「重《かさ》ねて題《だい》す」（中唐・白居易）

元和十（八一五）年の六月、当時の宰相——武元衡《ぶげんこう》は都の街で、平盧《へいろ》節度使——李師道《りしどう》が放った刺客に襲われ首を討ち取られた。中央の命令に背く各地の軍閥を、武元衡は徹底的に討伐しようとしたからである。この事件の恐ろしさに、都の官民は激しい不安に陥り、誰もが同じ災難が頭上に降りかかるのではないかと怖がって口を噤んだ。そこで、

「黒幕を暴き元凶を刑に処すべし」

と強く主張したのは白居易であった。が、それが黙っていた高官連の痛いところを突いたようだ。

「わしらがまだ何も言っていないのに、おまえの出番があるか」

自分の言うべきことが目下の者に先に言われ、恥ずかしさのあまり怒り狂った彼らは、白居易の上申をとんでもない越権行為と糾弾し、都から追い出して江州《こうしゅう》（江西省の地）刺史に降職させるが、それでも気が済まなかったらしい。

南宋の陳振孫《ちんしんそん》が編纂した『白文公年譜』によれば、白居易の母に心の病があり、かつて発狂して柴刀で自殺を企てたが止められた。元和六（八一一）年、初夏のある日、彼女は侍女の眼を盗んで外出し、花を賞でているうちに井戸に落ちて死んだ。そこで、日ごろ白居易の実直な個性を嫌っていた連中は、

「母親が死んだばかりなのに、白居易が〈賞花《しょうか》〉、〈新井《しんせい》〉と題する詩を詠んでいるぞ……」

というデマを流す。更に、

「白居易の言行は、〈孝〉を最高の美徳とする儒学倫理から大きく離反している。よって州の長官をつとめる資格もない」

と言いふらしつつ、彼を一気に江州司馬《しば》という閑職に落としたのである。実際のところ、白居易の「賞花」や「新井」などはみな、母親が亡くなる前の作品であり、科された罪は全く小人どもの中傷に過ぎなかったのだ。

次の七言律詩は、江州に赴任した白居易が、廬山《ろざん》の近くに建てた草堂の壁に書いた一首である。言い伝えのように老婆に読んでもらって創り直したか、それともただ詩集に写したかはわからないが、とにかく「重ねて題す」とはもう一度書きつけたことを意味している。（「香炉峰《こうろほう》下《か》、新たに山《さん》居《きょ》を卜《ぼく》し、草堂初めて成り、偶《たま》たま東壁《とうへき》に題す」という題もある。）

重題　　　　　　　　重ねて題す

日高睡足猶慵起　　日高く睡《ねむ》り足るも猶《な》お起くるに慵《ものう》し
小閣重衾不怕寒　　小閣《しょうかく》に衾《ふすま》を重ねて　寒さを怕《おそ》れず
遺愛寺鐘攲枕聴　　遺愛寺《いあいじ》の鐘は　枕に攲《そばだ》てて聴《き》き
香爐峰雪撥簾看　　香炉峰《こうろほう》の雪は　簾を撥《は》ねて看る
匡廬便是逃名地　　匡廬《きょうろ》は便《すなわ》ち是《こ》れ　名を逃《のが》るる地
司馬仍爲送老官　　司馬《しば》は仍《な》お為《こ》れ　老《お》いるを送る官
心泰身寧是歸處　　心泰《やす》く身も寧《やす》らかなるは　是《こ》れ帰する処
故郷何獨在長安　　故郷　何ぞ独り　長安にのみ在《あ》らんや

（大意）日はもう高く昇り、充分に眠っていたが、まだ起きるのがものうい。小さな寝屋で布団を重ねて、寒さなど気にならない。遺愛寺の鐘声を枕元で聴きながら、香炉峰の雪を簾をはねあげてちらっと看る。この匡盧の山は、名利を争う俗世から逃れるのにふさわしい地であり、司馬という官職もまた、実に老後を送るに恰好の役目だ。心身とも安らかにいられる場所こそ、わが帰するべきところであり、なにも故郷を長安のみに限る必要はなかろう。

都を追われ司馬という低位に落とされながら、この作品からは憤懣などは微塵も感じられない。遺愛寺、香炉峰はともに廬山の名勝であるが、名利の場を離れた白居易は、むしろ簡素な住まいで時をのどかに過ごしているようだ。その心境は、「鐘は枕に攲てて聴き」と、「雪は簾を撥ねて看る」という二つの動作によって淡々と顕わされている。

『廬山《ろざん》記略《きりゃく》』（劉宋・慧遠）によれば、遠い昔に、匡裕《きょうゆう》先生という隠者が岩壁に廬を結び、そこに棲んでいたため、この山は廬山と名づけられ、また匡廬、匡山《きょうざん》とも呼ばれたという。この故事を踏まえて、白居易は匡廬を「名を逃るる地」とし、司馬を「老いるを送る官」と詠み、自分のおかれた環境を楽天的な姿勢で受け止めている。それと同時に、官界の浮沈を平然と処し、遇に随って安んじるという超脱な人生観をうたったのである。ちなみに、下句の「為」は、上句の「是」と対仗の関係にあるので、その均整のよさをなくしてはもったいないと思い、わたくしは無理を冒して「為《こ》れ」と訓読してみた。

思うに、嫉みや憎悪により、人の隙を窺っては陥れようとする、そのような者は時を問わずどこの国にもいる。窮境に追い込まれながらも、天、人を怨まず、詩文を楽しみ命を全うした白居易の達観的精神は、われわれ現代人にも貴重な啓示を与えてくれるに違いない。

その後、白居易は杭州、蘇州、忠州（四川省忠県）の刺史を歴任し、会昌二（八四二）年に刑部《けいぶ》尚書《しょうしょ》として致仕した。晩年は洛陽で悠々自適の日々を送っていたが、仏教に親しんで「香山居士《こうざんこじ》」

香炉峰遠望（中央の小さなこぶが香炉峰）

と自称し、同六（八四六）年に七十五歳で世を去っている。生前は詩人元稹《げんしん》と親交し、詩風も幾ばくか近似していたので、世に「元白《げんぱく》」と称される。白居易の平明、淡泊の詩風は中国ではもちろん、日本でも平安朝の文人たちに広く愛読されたのである。

静寂の世界に隠された無限なる孤独——五言古絶・「江雪《こうせつ》」（中唐・柳宗元《りゅうそうげん》）

白居易と同じ時代に生き、同じく文壇の頂点に立った柳宗元の代表作を二首取りあげてみる。「江雪」は、永貞元（八〇五）年の冬、永州《えいしゅう》（湖南省零陵《れいりょう》）司馬に左遷された時に詠んだものである。

江雪

千山鳥飛絶
萬徑人蹤滅
孤舟蓑笠翁
獨釣寒江雪

江雪

千山《せんざん》　鳥の飛ぶこと絶え
万径《ばんけい》　人の蹤滅《あとき》ゆ
孤舟《こしゅう》　蓑笠《さりゅう》の翁《おきな》
独り釣る寒江《かんこう》の雪

（大意）山々には飛ぶ鳥の姿が絶え、道々には人の足跡が消えた。ぽつんと一隻の小舟に蓑や笠を身につけた老人が、ただ独り雪降りしきる寒い江《かわ》で釣りをしている。

起句と承句は、「千山」と「萬径」をもって始め「絶」と「滅」で終わっている。最初の瞬間から広大な景観が呈示されたのだが、そこに満ちているのは極端な静寂であった。

転句は、孤舟で釣り糸を垂れている「蓑笠翁」を描いている。しかし「千山」と「萬径」に囲まれているため、これも静かな遠景に変わりがない。結びの「雪」は、全編をつなぐ重要な一字であった。鳥の飛ぶことが絶えたのも人の足跡が滅えたのもみな雪のためなのだ。山々、道々、釣り人の蓑と笠、至るところに雪が積もっている。また降りしきる雪は、ただ一つ動いている近景であるにもかかわらず、この「動」は画面に立体感をもたらし、遠い江に浮かぶ孤舟と蓑笠翁にいっそう静寂感を与えている。

ところで、「江雪」を「山水詩」の部類に入れても差し支えがない。作品はもともと水墨で描かれた横幅の広い山水画のようだ。しかしわたくしはこの二十文字から柳宗元の苦悩する心を見出さずにはいられない。毎句の最初の文字を横に並べてみると、ちょうど「千万孤独」になっているのは決してただの偶然ではないだろう。この山水画に隠された無限なる孤独は、静寂の世界に悲愴の色を添えた。寒い江に雪が飛び舞い、鳥と人の姿がすべて「絶」《た》えて「滅」《き》えた。しかし、ただ一人の「蓑笠翁」は厳寒を恐れず、「千万孤独」にも動ぜず釣りをつづけている。その姿から、柳宗元は果たして何を見たのだろうか。

柳宗元は大暦《たいれき》八（七七三）年に生まれ、字を子厚《しこう》といい、河東解《かとうかい》（山西省運城県解州鎮）の人であった。徳宗皇帝の貞元九（七九三）年に、柳宗元は詩人劉禹錫《りゅううしゃく》と同年で進士に及第し、その友誼は生涯変わらなかった。二十六歳から集賢正字《しゅうけんせいじ》（典籍の校正や管理などをする低位の官職）として官途を歩み始め、四十七歳で柳州刺史の任期中に逝去するまで、足掛け二十二年の仕官生涯を送っていた。だがその二十二年の中、なんと十五年間も僻地への左遷生活を強いられたのである。

貞元二十一年は西暦の八〇五年にあたる。その正月、六十四歳の徳宗が死去し、病弱の皇太子——李誦《りしょう》が帝位についた。唐王朝が興ってから十一人目の皇帝——順宗《じゅんそう》であった。文芸に深い興味を抱き、寛仁な人柄で知られた順宗李誦は、皇太子時代から師事していた王叔文《おうしゅくぶん》を起用し、同志の柳宗元や劉禹錫らを抜擢して乱れた国政の革新に燃えた。彼らはまず、死んだ徳宗の寵愛を恃みそれまで暴威をふるってきた京兆尹《けいちょういん》——李実《りじつ》の罷免から第一歩を踏み出す。史料によれば、その消息を聴いた都民たちは歓呼し、瓦礫を手に握り宮から出てくる李実に投げようとしたため、おののいた李実は裏道から逃げ帰ったという。

次は、「五坊小児《ごぼうしょうじ》」、「宮市《きゅうし》」、「羨余《けんよ》」の廃止であった。「五坊」とは、歴代の皇帝が狩猟を楽しむため雕《わし》、鶻《はやぶさ》、鶚《はいたか》、鷹、犬などを調教する官庁であり、「小児」とはそこの小役人を言う。日本で言う鷹匠のような存在であった。「宮市」とは、もともと春秋時代の宮殿に設けられたマーケットを指すが、徳宗皇帝の代になるとその意味が変わった。宦官どもが民間の市場へ殴り込み、商品を十倍以下の値段で強引に買い取ったり、または一文も払わず奪ったりすることを言う。「羨余」とは、いろいろな名目を立て民間に余分な税収を課することを指す。「五坊小児」、「宮市」、「羨余」は、貞元末年の大きな弊政として民間人や有識の士に憎まれていたので、その廃止が天下の喝采を博したのは言うまでもない。

しかし当時、宮廷の大権を握っていたのは宦官集団なのだ。彼らは革新運動により、自分たちの既得利益がすでに脅かされていると確認した。

「ならば、先手を打たなくてはやられてしまうぞ」

彼らは保守派の高官と結託し、全力で革新派の撲滅にかかった。そのすさまじい勢いに、即位して半年強の順宗はついに屈し、八月には皇太子の李純《りじゅん》に帝位を譲った。皇帝の支持を失った革新派は、糸の切れた凧のように強風に飛ばされ政治舞台から消される。その冬に柳宗元は永州司馬に落とされ、劉禹錫も遠地へと左遷された。更に革新の主唱者であった王叔文は翌年、流された渝州《ゆしゅう》で殺されてしまったのである。

「江雪」は、永州に着いて間もなく詠まれたものである。極端な静寂は、革新が失敗して宦官の勢力に屈した政界を暗喩している。それに反して、「千万孤独」に包まれながら、孤舟で釣りをつづける「蓑笠翁」の不動の姿は、

——どんな僻地へ飛ばされようと信念を曲げない。

という詩人の自画像なのであり、また心底から願った自分のあるべき姿勢であったのだ。

左遷の地で友を思う——

七言律詩・「柳州《りゅうしゅう》の城楼《じょうろう》に登りて漳《しょう》、汀《てい》、封《ほう》、連《れん》の四州の刺史に寄す」（中唐・柳宗元《りゅうそうげん》）

時がめぐり、十年の歳月が経った。元和十（八一五）年、柳宗元は革新派の同志であった韓泰《かんたい》、韓曄《かんよう》、陳諫《ちんかん》、劉禹錫らとともに一旦都へ呼び戻された。しかしそこで彼らを待ち受けていたのは、更に苛酷な運命であった。柳宗元は柳州《りゅうしゅう》（広西省柳州）、韓泰は漳州《しょうしゅう》（福建省漳州市）、韓曄は汀州《ていしゅう》（福建省長汀《ちょうてい》）、陳諫は封州《ほうしゅう》（広東省封川《ほうせん》）、劉禹錫は連州《れんしゅう》（広東省連県）へ、それぞれ刺史としてただちに赴任すべしとのことである。次の七言律詩は、柳州で詠まれたものである。

登柳州城樓寄漳汀封連四州刺史

柳州の城楼に登りて漳、汀、封、連の四州の刺史に寄す

城上高樓接大荒
海天愁思正茫茫
驚風亂颭芙蓉水
密雨斜侵薜荔墻
嶺樹重遮千里目
江流曲似九迴腸

城上《じょうじょう》の高楼　大荒《たいこう》に接す
海天《かいてん》　愁思《しゅうし》　正に茫々《ぼうぼう》たり
驚風《きょうふう》　乱れ颭《うごか》す　芙蓉《ふよう》の水
密雨《みつう》　斜めに侵す　薜荔《へいれい》の墻《かき》
嶺樹《れいじゅ》は重なりて千里の目を遮《さえぎ》り
江流《こうりゅう》は曲りて九迴《きゅうかい》の腸に似たり

共來百越文身地
猶自音書滯一郷

共に来たる　百越《ひゃくえつ》　文身《ぶんしん》の地
猶《な》自《お》　音書《いんしょ》　一郷《いっきょう》に滞《とどこお》る

（大意）城壁の上に聳える高楼は果てしない荒野に面している。そこに登って眺めれば、海も空も茫々として、わたしの心と同じように憂愁に満ちているようだ。狂おしい風は池に波を立たせ蓮の花を揺らし、激しい雨はつたが絡みあう垣根に斜めに降り注ぐ。
嶺の木々が幾重にも重なり、遠望を極めようとするわたしの視線を遮り、柳江《りゅうこう》の流れはくねくねとして、悲しみによじれるわたしのはらわたのようだ。懐かしい友よ、いれずみの蛮族が住む南の果てに流される運命をともに背負いながら、たよりを届けるすべも知らず、いったいどうすれば互いの安否を知り心の苦衷を語りあえるのだろうか。

柳州は、広西省柳州市である。今こそ風光明媚な桂林の隣町として注目を浴びているが、唐の代には中原の文明から離れた僻遠の地であった。柳州城の高い望楼に登った柳宗元は、曇った天地を眺め人生の浮沈を顧みつつ、南方の各州へ飛ばされた友人に思いを馳せた。思うに、その時期の柳宗元は、想像を絶するような失意を味わっていたに違いない。なにしろここに至るまで、彼は永州ですでに足掛け十一年の左遷生活を送っていたのだ。中央の政治構造が変わらない限り、生きて戻る見込みがないこともおおかた見当がついている。にもかかわらず、この作品は「高楼　大荒に接す、愁思　正に茫々たり」という首聯から雄大な気迫を見せている。

頷聯の「芙蓉」とは蓮の花を指し、「薜荔《へいれい》」とは一種の香草である。戦国末期の大詩人――屈原の作品には、時々高潔な人格の象徴としてうたわれていた。柳宗元は屈原の意を踏襲し、「芙蓉」と「薜荔」を自分の潔白を喩えているが、それに無情に襲いかかる「驚風」や「密雨」を、革新派を陥れた宦官どもに暗喩している。

頸聯の「九廻腸」は、曲がりくねる柳江を形容しているようだが、出典は司馬遷の「任少卿《にんしょうけい》に報ずる書」に見られる。武帝の逆鱗に触れ、酷い宮刑にされた司馬遷は知人の任安《にんあん》に、

「腸、一日にして九廻す」

と、自分の痛みと悲しみを伝えていた。

高楼に登った柳宗元は、同じ南方へ飛ばされた友人たちを遠望しようとしたが、視線が嶺の重なる木々に遮られて何も見えない。言い換えれば、彼の「九廻腸」は、友人たちの安否に対する懸念から生まれた心の痛みなのだ。

尾聯の「百越」とは、広い意味で少数民族が生息する南方の僻地を指すが、「文身」とはいれずみを言う。言い伝えによれば、越の人たちはみな「断髪文身」の風俗をしていた。つまり髪を短く切っていれずみをすることだ。ここではおのれの身が置かれた地方の辺鄙を極言しているが、これも「共に来たる」によって空間が広げられている。なぜなら、柳宗元が抱える痛みは自分一人でくよくよするものではなく、同じ運命を背負った友人たち、理想と挫折に苦悩する多くの人々が味わ

う共通の感情であったからだ。

さて視線が遮られた詩人は、当然のように手紙をとどけようと思ったが、しかしこの遠い蛮地ではそれさえできないのだ。結びの「一郷に滞る」は、「共に来たる」と対極的な関係にあり、共に来たとしても、会うことはおろか音信すらとどかないというもどかしさを強調している。革新の失敗、長年の左遷、友人に会いたくても会えず、それらの辛さに加えて今や互いの安否を知らせあうことさえできないのだ。詩人の「愁思」は海と天に満ち、茫々として無限にふくらんでいった。


余談になるが、柳宗元と劉禹錫の友情にまつわる話がある。

元和十（八一五）年、柳宗元たちが南方各州の刺史に左遷された時、劉禹錫は初め播州《はしゅう》へ赴任するよう命じられていた。播州とは、今の貴州省遵義《じゅんぎ》にあたるが、かつて李白の流刑先——夜郎と同じ地方で、柳州などより遥か未開の地であった。そこで、柳宗元は権力者に訴えて言う。

「播州は人の住むところではません。夢得《むとく》（劉禹錫の字）には年老いた母親がおられますが、その母親に、彼はどうやって自分の窮境を打ち明けるのでしょうか。それに老人を連れて播州へ行くことは絶対に不可能ですので、これはもう親子の永訣を意味することになりますよ……」

彼は柳州を劉禹錫に譲り、代わりに自分が播州へ行くと切願し、たとえ自分はこれで再び処罰を受けることになっても、何の怨みもないと言葉をつづけた。ちょうど朝廷にも、劉禹錫の親子のことを思いやって帝に再考を請うた大臣がいたので、播州へ赴任するはずの劉禹錫がようやく連州へ行くことになった、という。この話は、柳宗元と親しかった同時代の文豪——韓愈《かんゆ》による「柳子厚墓誌銘」や新旧『唐書』の「伝」に記されているので、間違いなく史実である。その大臣というのは御史中丞《ぎょしちゅうじょう》（官吏の紀律を監察する官職）の裴度《はいど》であり、なかなかの人物であった。彼が帝に再考をうながしたのは、柳宗元の真意に満ちた陳情に心を打たれたからに違いない。

友人のためなら自分を犠牲にしてもいい——その高貴で温かい心を結びの一聯と重ねてみると、友人に抱く柳宗元の思念はいっそう身に沁みて感じられるのではないだろうか。

しかし、遠い蛮地で長い左遷生活を強いられても、柳宗元の経世済民の情熱は全く消えない。柳州へ赴任してから四年後に世を去っているが、その短い四年間に、学校を開き、井戸を掘り、柑橘《かんきつ》の果樹を植えさせて多くの功績を遺した。更に人身を売買する地元の陋習《ろうしゅう》を撤廃し、すでに売られた者を解放するため自分の俸禄を惜しまずに使った。南方の学士には、柳宗元に文学を教わりやがて身を立てた者も多かったようである。

唐代では、人の姓氏に官職をつけて呼んだりする習わしがあった。例えば、工部員外郎をつとめた杜甫を「杜工部《とこうぶ》」と呼んだり、刑部尚書をつとめた白居易を「白尚書《はくしょうしょ》」と呼んだりする。しかし、柳宗元が「柳柳州《りゅうりゅうしゅう》」と呼ばれるほど、呼ぶ側の敬意を感じさせるものはない。柳宗元の善政を記念するため、地元の人たちは感謝と敬愛の意をこめて寺院まで建てた。宋の代になると、柳州の城内にあるその寺院は正式に「柳侯祠《りゅうこうし》」と命名されたのである。

柳侯祠（柳州市）

　二〇〇二年の十一月に、わたくしは数人の友人とともに雲南麗江《れいこう》の玉龍雪山に登った。その帰途に桂林へ寄ったのだが、ここまで来たら柳宗元に会わずには帰れないと思って車で柳州に向かった。なにしろ十六年ぶりの再会になるので、町の変化は驚くほどであった。それでも幸いに、「柳侯祠」は昔と少しも変わらず、静けさに包まれながら緑が美しかった。

「柳侯祠」の正殿に、高さ二メートルの柳宗元の彫像がおかれているが、その周囲に数十枚の石碑が展示されている。その中で最も光っているのは、間違いなく「三絶《さんぜつ》碑《ひ》」であった。「三絶」とは、柳宗元の事跡、それを讃えた韓愈の文章、それを筆で書いた蘇軾の字、をいうのである。

　柳宗元は、その稀世の文才によって韓愈や蘇軾とともに「唐宋八大家」と称されている。四十七歳の生涯はあまりにも短か過ぎた。人生最後の十五年間が左遷生活に費やされたのも痛ましい。しかしその詩文に秘められた輝きは、信念のため極端な孤独と悲しみに耐えきる強靱な精神、衰えを知らぬ経世済民の情熱、そして真摯の友情に育まれたものであった。柳宗元の作品、及び作品に託された人格と生き方は、これからもわれわれ後人に逆境を生きぬく力を与えつづけるのだろう。

付録　漢詩の技法について

　ここまで挙げた四十七首で、わたくしは必要に応じて古体、近体、および詞の格式や技法について述べてきた。この付録では、実例を挙げながら近体詩、それも絶句と律詩に焦点を絞り、技法とその必要性を語りたいと思う。

「絶句」とは何か——七言絶句・「江村即事《こうそんそくじ》」（中唐・司空曙《しくうしょ》）

「絶句」とは、四句からなる詩の形を言う。昔は「截句《ぜっく》」、「断句《だんく》」とも呼ばれた。「絶」という文字は、古代では「截《ぜっ》」に通じ、「断絶」することを意味する。四句だけで詩心を全うし、終わりにすることができる、というのが「絶句」の原意であった。「絶」とは律詩から半分を「截《き》り取る」ことを意味するという説もあったが、歴史的に見れば、絶句の出現が律詩よりも早かったため、この説は成り立たない。

古人は一文字のことを、「一言」と言っていた。絶句は五文字か七文字で句の長さをそろえているので、「五言絶句」、「七言絶句」と呼ばれ、あるいは「五絶」、「七絶」と略称されたりもする。古人はまた、二つの句を詩の最小単位と見なし、それを「一聯《いちれん》」と称した。後漢、魏晋時代にはすでに二聯を「一絶」と見る習わしがあったが、正式に四句の詩を「絶句」と呼び始めたのは南朝時代だと言われている。ちなみに絶句には二つの聯しかないので、それぞれ「首聯」、「尾聯」という。

唐詩の主流は近体《きんたい》（李清照《りせいしょう》の「如夢令《じょぼうれい》」を参照、九九頁）であった。近体の絶句は押韻《おういん》、平仄《ひょうそく》の規律を守ったうえで創らなければならないので、「律絶《りつぜつ》」ともいう。では、次の作品を通して、「律絶」の押韻や平仄を具体的に論じてみたい。

江村即事

罷釣歸來不繫船
江村月落正堪眠
縦然一夜風吹去
只在蘆花浅水邊

江村即事《こうそんそくじ》

釣《つ》りを罷《や》め　帰り来たって船を繋《つな》がず
江村　月落ちて　正に眠るに堪《た》えたり
縦然《たとい》　一夜にして　風吹き去るとも
只《た》だ蘆《ろ》花《か》浅水《せんすい》の辺《ほとり》りに在らん

（大意）釣りを終えて岸に着き、船をつながず家に帰る。水辺の村が静けさに浸り、月が沈んでちょうど眠るによい時間だから。たとえ夜中に風が起こり船が吹き流されたとしても、芦の花咲く浅瀬の辺りに止まってくれるのだろう。

司空曙《しくうしょ》は、字を文明といい広平（河北省永年県の東部）の人であった。開元八（七二〇）年頃に生まれ貞元六（七九〇）年に没している。「江村即事」は、彼が剣南西川節度使《けんなんせいせんせつどし》――韋皐《いこう》の幕僚として出仕した後に詠んだものである。夜釣りを終えた漁師が船をつながず家に帰る、その淡々たる動作を通して、司空曙は平凡な暮らしを甘受する漁師の悠然とした生き方をうたいあげている。

この作品は七文字で一句、四句からなり、さまざまな規律が完璧に守られた「律絶」である。まずその押韻の方法を見てみよう。

「押韻《おういん》」とは何か――

「押韻」とは、「韻を踏む」ことを言う。詩という文学形式における最も基本的な要素である。衆知のように、現代中国語の発音を表すためには、ローマ字による「拼音《ピンイン》」が使われている。これを用いて説明すると、大抵の文字に「子音」と「母音」があり、例えば「冬――dōng」の場合、「d」が子音で「ōng」が母音となる。子音は常に前に置かれているため、頭子音《とうしいん》ともいう。反して母音は後ろに回され、時には「n」か「ng」のような尾鼻音《びびおん》もつけられる。次に「農——nóng」、「龍——lóng」、「松——sōng」などを見ると、頭子音を除いて「ong」の母音や尾鼻音が全く同じなので、「同韻《どういん》」として認めることができる（後述するが、現代中国語の一声と二声は、古代においては区別されない）。その「同韻」の文字を、二つ以上の詩句の同じ位置におくことを、すなわち押韻という。中国の詩は、一般的には詩句の最後にしか韻を踏まないので、「脚韻」とも呼ばれる。詩句の最後というのは、意味においてもリズムにおいても大切な「間」を示しているので、そこに同じ母音（尾鼻音のある文字を含む）の文字を用いることを通して音声の調和を醸し出し、散文より美しく洗練された響きをもたらすことができる。それが、詩における押韻という方法の真意である。

　ところで遥か古には、毎句のように韻を踏む習慣もあった。このような作品はすべての句に韻を踏んでいるため、「聯」の感覚を持たない。したがって奇数の句で終わる例が多かった。劉邦《りゅうほう》の「大風の歌」（一四八頁）はそのよい例であり、全三句、すべて押韻している。しかし時が経つにつれ、「毎句押韻《まいくおういん》」はやがて単調と見られるようになった。南北朝になると、毎句ではなく、毎聯、韻を踏む方法が固められた。それを「隔句押韻《かくくおういん》」という。ただし、五言詩の場合は字数が少ないため、もっと早い時期から「隔句押韻」に傾いていったようである。

　また、一句目は韻を踏んでも踏まなくてもよいが、五言の場合は踏まぬのが常例で踏むのが異例。それに対して、七言の場合は五言よりやや長いので、逆に踏むのが常例で踏まぬのが異例とされる。むろん異例と言っている限り、してもいいということである。

「江村即事」は七言なので、常例として一句目から押韻している。韻字は、一句目の「船——chuán」、二句目の「眠——mián」、四句目の「邊——biān」であり、韻書（『佩文韻府《はいぶんいんぷ》』）では「下《か》平《ひょう》一先」に属している。「下平一先」とは、「先——xiān」が代表となって、同じ「母音＋尾鼻音」＝「an」で発音される平声文字のグループを指す。常用される漢字として、「江村即事」の韻字や「先」はもちろん、「前（qián）、天（tiān）、煙（yān）、鮮（xiān）、川（chuān）」などがある。

では、平声文字とは何か。

四声《しせい》、平韻《ひょういん》、平仄《ひょうそく》について——

古漢語には平《ひょう》、上《じょう》、去《きょ》、入《にゅう》という四つの声調があり、それぞれ文字の発声の高低、緩急を示していた。平声《ひょうしょう》は文字通り、平らに高く読むことであり、よって平声文字という。現代中国語では、第一声と第二声（ー・／）にあたる。上声は低く始めてややつきあげて読むもので、現代語では主に第三声（∨）にあたる。去声は高いところから激しく下げ、現代語ではほとんど第四声（＼）になる。入声は声を真っ直ぐに出さず、口の中で短く切ってしまう。しかし遺憾なことに、入声は北京語に基づいて作られた現代中国語の標準語から消えている。むろん文字そのものが消えたわけではないが、古代では入声で読まれた文字が、その特徴の強い声調を失い、それぞれ第一声、第二声、第三声、第四声に紛れ込んでしまったということである。

近体詩の絶句や律詩は、必ず平声文字を韻とする。その上、一つの韻しか使ってはいけない。それを「一韻到底《いちいんとうてい》」という（古体詩では「隣韻通用《りんいんつうよう》」の方法が自由に使われていたが〈杜甫の「陳陶《ちんとう》を悲しむ」を参照、一七五頁〉、これは近体詩の場合は晩唐や宋代になって始めて許されるようになった）。近体詩が平声を韻とするのは、意味やリズムにおける大切な「間」——毎聯の最後の文字を、平らで高く長くうたうように詠むためである。

押韻と同時に、平仄の規律を踏まえるのも、漢詩における音声の美を求め、抑揚を究める手段である。

四声がわかれば、平仄もそう難しくはない。右に述べた四つの声調の中、字数の最も多い平声文字は上平《じょうひょう》、下平《かひょう》（または陰平《いんひょう》、陽平《ようひょう》）に分けられ、「平《ひょう》」という大きなグループを成している。それとは対照的に、激しく、低く、短く読む上、去、入といった三つの声調は併せて「仄《そく》」というグループを成している。言い換えれば、漢語には四つの声調があったにもかかわらず、音声の高低という意味ではただ二つの対照的なグループしかない。平は高であり、仄は低である。

近体詩における平仄の規律はどんなものか——

近体詩における平仄の規律は、わかりやすく言えば、すなわち平声文字と仄声文字による交替進行であり、それによって詩文の流れに声調の起伏と抑揚を生み出すことである。七言の場合、二字目、四字目、六字目が音の要と見られていたため、この三つの文字では平仄は必ず交替進行しなければならない。古人はこの規律を「二四六分明《ぶんめい》」と名づけた。つまり二字目、四字目、六字目の声調ははっきり交替すべきだということである。類推して、五言の場合は、「二四分明」になる。

「江村即事」の平仄進行を図解してみる。

罷釣歸來不繫船　仄仄平平仄仄平◎――（◎は平声文字の韻）
江村月落正堪眠　平平仄仄仄平平◎
縱然一夜風吹去　仄平仄仄平平仄
只在蘆花淺水邊　仄仄平平仄仄平◎

この図を見れば、「二四六分明」の意味がよくわかる。同時に、もう一つ大切なポイントにも気づくだろう。七字目の韻字を論外に置くと、首聯の上下二句の平仄は、五字目を除けばすべて対立している。尾聯も、一字目を除けばすべて逆だ。概して言うと、平仄の規律には二つの要点がある。

Ⅰ　句の中の交替――「二四六分明」
Ⅱ　聯の上句と下句の対立。これを「対」という。

ちなみに五字目が対立していないのは、下句の「三平調《さんへいちょう》」を避けるためだ。「三平調」とは、句の最後の三文字がみな平声であることを言う。近体詩において、最後の三文字は「三字尾《さんじび》」と呼ばれ、一句における音声とリズムの命脈と見られる。よって平声が三つ続くことはあまりにも単調なので忌避すべきであるという。

また、「江村即事」の起句の二字目が仄声文字であるため、このような作品は「仄起式《そっきしき》」という。つまり仄声から詠み起こされているということだ。逆に、起句の二字目が平声文字であれば、「平起式《ひょうきしき》」といい、その平仄の交替は韻字を除いてすべて逆になる。

前述のように、平仄はすなわち音の高低である。前掲の平仄図を高音、低音の進行に並べ換えれば以下のようになる。

低低高高低低高◎
高高低低低高高◎
低高低低高高低
低低高高低低高◎

ここで、高音はすべて平声文字になるが、低音には、仄声文字の上、去、入といった声調の変化があり、あたかも抑揚に富んだ言葉による音譜のようである。

「拗体《ようたい》」とは何か――五言絶句・「胡隠君《こいんくん》を尋《たず》ぬ」（明《みん》・高啓《こうけい》）

一方、近体詩でありながら平仄の規律から外れたものは、「拗《よう》」と呼ばれ、一種の「病《やまい》」と見なされる。病があれば治さなくてはならないので、治す方法は「拗救《ようきゅう》」という。中唐以降になると、近体詩と標榜しつつわざと「拗」を踏んでしまう詩人も現れた。韓愈や孟郊がそれである。彼らは決められた技法の突破を通して、爛熟した当時の詩壇に一喝し、新風を巻き起こそうとした。そのような作品は「拗体」と名づけられたのである。次の一首は、明の高啓が詠んだ「拗体」らしい傑作である。

尋胡隠君　　胡隠君《こいんくん》を尋《たず》ぬ

渡水復渡水　　水を渡り　復《ま》た水を渡り
看花還看花　　花を看《み》　還《ま》た花を看る
春風江上路　　春風《しゅんぷう》　江上《こうじょう》の路
不覺到君家　　覚えず　君が家に到る

（大意）河を渡ってはまた河を渡り、花をめでてはまた花をめでる。春風に吹かれつつ水沿いの路をたどり、知らぬ間に町から遠く離れた君の家についた。

「胡隠君」は、姓が胡という隠者に対する尊称であったが、人物は不詳。悦びに満ちた春水《しゅんすい》と麗しい花々は、詩人をいつの間にか胡隠君の家に導いた。「覚えず　君が家に到る」という句に、魂あふれるほどの欣喜が流れている。久しぶりに会った胡隠君の腕をとって挨拶を交わしながら、高啓は今すぐでも自分の陶酔を語り聞かせたいようだ。

「胡隠君を尋ぬ」の平仄は、如何に交替進行されているのか。作品の後半は、律絶らしく、抑揚のある進行を見せているが、起句の「渡水復渡水」は五文字とも仄声であり、承句の「看花還看花」は逆に五文字とも平声であった。図にしてみると次のようになる。

仄仄仄仄仄
平平平平平◎
平平平仄仄
仄仄仄平平◎

この図を見ると、高啓が平仄にこだわらず前半を創ったというより、むしろ平仄の規律に自分なりのアレンジを加えたと言うべきだろう。起句がすべて仄声で「渡水」の足取りを感じさせ、承句はみな平声で「看花」のゆったりとした気分を表す。そして比較的単調、平板な前半に、彼は抑揚に富んだ後半をつなぎ、短い作品に独自な変奏を試みたのである。(「看」は仄声としても読めるが、ここでは意図的に平声に読まれている。)

もう一つ、絶句や律詩は字数が少ないだけに、同じ文字を繰り返すことは極力避けられてきた。しかし「渡水」に「渡水」、「看花」に「看花」というところは、明らかに言葉が繰り返されているではないか。実は、詩人はここで「畳句法《じょうくほう》」を用いている。「畳句法」とは、同じ語句を繰り返すことによって印象を強める修辞法を言う。「渡水」が重なることにより、道のりの遠いことや江南特有の曲がりくねる小河が活写される。「看花」が重なることにより、遠い道のりを飽きさせぬ春の華やかさが言外に表されたのだ。

「古絶《こぜつ》」とは何か——

近体の絶句について、いろいろと説明してみたが、律詩に入る前に、簡単ながら古体の絶句についても述べておきたい。古体詩は押韻のほか、近体詩が守ろうとする規律を無視し、忌避するところに踏み入ることができるので、言ってみれば古代の自由詩であった。押韻の面においても、近体が必ず平声文字を韻とするのに対して、古体は平仄両方とも使って結構だ。一例を挙げれば、柳宗元の「江雪」は典型的な古絶である(二二〇頁)。「絶」、「滅」、「雪」といった仄声の韻字(韻目は入声の「九屑」)が用いられていると同時に、平仄にもこだわっていない。近体詩が平声の韻字を用いて、平らで高く長くうたうように詠むのと違い、古体詩が発音の激しく低く短い仄声を韻とすることがあるのは、むしろ一種の力強さと重々しさを表すためであろう。

律詩、及びその規律について——五言律詩・「北固山《ほくこざん》の下《もと》に次《やど》る」(盛唐・王湾《おうわん》)

律詩は近体詩の一種であり、厳しい規律のうえに成り立つものである。南北朝に端緒を開き、唐代に成熟して全盛を迎える。絶句と同じく、五言か七言で句の長さをそろえているので、五律、七律とも略称される。八句からなり、その八句は上下二句ずつ四つの聯に分けられ、それぞれ首、頷、頸、尾という名を持つ。頷、頸の二聯は、必ず「対仗《ついじょう》」の形を取る。「対仗」については第一章の「秋興《しゅうきょう》」で詳しく触れたので(三三頁)、ここでは繰り返さないことにする。

押韻の方法や平仄の規律は、律絶のそれとほとんど同じである。一つ補足したいのは、「対と粘《つい ねん》」の規律である。「対」とは、前述したように聯の上句と下句における平仄の対立を言う。「粘」を説明するには少々言葉を要する。

「粘」とは、首聯の下句の二字目が、必ず頷聯の上句の二字目と平仄を同じくすることである。類推して、頷聯の下句の二字目は必ず頸聯の上句の二字目と平仄を同じくし、頸聯の下句の二字目は必ず尾聯の上句の二字目と平仄を同じくしなければならないという。換言すれば、二句目と三句目、四句目と五句目、六句目と七句目、それらの二字目が必ず平仄を同じくすることが「粘」である。何故こんなややこしいことをしなければならないかと言えば、「粘」は聯と聯の間の平仄を対立させる大切な方法だからである。次の作品を例に挙げて、「粘」を含めたさまざまな技法を探究してみる。

次北固山下　　北固山《ほくこざん》の下《もと》に次《やど》る

客路青山外　　客路《かくろ》　青山《せいざん》の外
行舟緑水前　　行舟《こうしゅう》　緑水《りょくすい》の前
潮平両岸闊　　潮は平らかにして両岸闊《ひろ》く
風正一帆懸　　風は正しうして一帆《いっぱん》懸《かか》る
海日生殘夜　　海日《かいじつ》　残夜《ざんや》に生じ
江春入舊年　　江春《こうしゅん》　旧年に入《い》る
郷書何處達　　郷書《きょうしょ》　何《いず》れの処にか達せん
歸雁洛陽邊　　帰雁《きがん》　洛陽の辺《ほとり》

（大意）さすらいの道が青い北固山をまわり、わたしの舟は緑色の水を前にして進む。潮が漲り両岸が開け、わたしの視野もますます広がった。追い風を受けて帆は高くかかげられる。

遥か海の彼方から、朝日はほの暗い中を昇り、水面に立ちこめた靄は、江南の年の暮れを早春の色に染めてゆく。夜明けとともに新春が告げられたこの瞬間、わたしの胸は郷愁に満ちた。しかし船旅をつづけるわたしは、いったいどうやってこの思いを故郷にとどけられようか。北へ帰る雁よ、どうか洛陽に寄って家族にわたしの心を伝えておくれ。

王湾は洛陽の人であった。青年期の彼は呉、楚の地を往来し、開元十一（七二三）年に進士に及第した。北固山は江蘇省鎮江《ちんこう》市の北にあり、三面が揚子江に臨んで形勝の地として知られる。この作品は、恐らく呉、楚の地を旅した青年期に創られたものだろう。北固山の麓に船をとめて一泊し、夜明けとともに江南の早春を迎えた王湾は、故郷への思いをこめてこの秀作を詠んだ。

右の作品を通して、律詩が守るべきさまざまな規律を分析してみよう。

Ⅰ　八句、四聯。五文字（七律の場合は七文字。六律もあったが、極めて稀）で句の長さをそろえる。

Ⅱ　押韻——「下平一先」、韻字は「前——qián」、「懸——xuán」、「年——nián」、「邊——biān」。五言詩の常例として、一句目は韻を踏んでいない。

III　平仄――「仄起式」。平仄の図は以下のようになる。

客路青山外	仄仄平平仄
行舟緑水前	平平仄仄平◎
潮平両岸闊	平平仄仄仄
風正一帆懸	平仄仄平平◎
海日生殘夜	仄仄平平仄
江春入舊年	平平仄仄平◎
郷書何處達	平平平仄仄
歸雁洛陽邊	平仄仄平平◎

首聯は上下二句の平仄が完全に対立している。頷聯は一字目と三字目を除けば対立しているが、三字目が対立していないのは、下句が「三平調」になるのを避けるためである。頸聯は首聯と全く同じである。尾聯は一字目を除いて完全に対立している。いわゆる「二四分明」は完璧に守られている。もう一つ注目すべきのは、押韻しない一句目、三句目、五句目、七句目の最後の文字が必ず仄声で音声の激しく低く短いものにされていることである。それによって、押韻する句の韻字が持つ悠揚とした声調と鮮明な対比を成している。

Ⅳ　粘――この図は違う線種で、「粘」の関係にあるものを示している。要するに、二句目と三句目、四句目と五句目、六句目と七句目、それらの二字目はみな平仄を同じくしていることである。何故そうしなければならないか。「粘」の必要性を説明するため、わたくしは敢えて「粘」のない平仄図を作ってみた。

仄仄平平仄
平平仄仄平◎
仄仄平平仄
平平仄仄平◎
仄仄平平仄
平平仄仄平◎
仄仄平平仄
平平仄仄平◎

図が示しているように、もともと「粘」であるべきところは今、そうでなくなっている。つまり、首聯下句の二字目と頷聯上句の二字目との平仄が同じでなくなっていることだ（以下は類推できよう）。その結果として、首、頷、頸、尾という四つの聯がすべて同じ進行になってしまった。「北固山の下に次る」の平仄図と比べてみると、その違いがよくおわかりになると思う。聯と聯の間に変化がなくなり、非常に単調な進行になっている。これは近体詩にとってはどうしても避けなければならないことである。

「対と粘」の規律をもう一度まとめて言うと、「対」は聯の上下二句の平仄を対立させる方法であり、「粘」は聯と聯の間の平仄を対立させる方法なのだ。したがって「対と粘」も、声調の多様化を図る大切な技法である。そこから外れるものは「失対《しっつい》」、「失粘《しつねん》」と呼ばれ、つまり律詩としては失格だということになる。ちなみに、「対と粘」は近体の絶句においても必ず守る規律である。

押韻、平仄、粘などは、言葉が持つ音楽性を究め、韻律、声調、音声の美を醸し出し、文字を詩たらしめる大切な技法である。

Ⅴ 対仗——頷、頸の二聯は対仗の形を取る。詩人の好みによっては首聯から対仗を行う作品もある。その例は、五言律詩によく見られる。杜甫の「春望」や「岳陽楼に登る」はみなそれである。

國破山河在　　国破れて　山河在《あ》り

城春草木深　　城春にして　草木深し

（「春望」の首聯）

「国破れて」に「城春にして」——
「山河」に「草木」——
「在り」に「深し」(自動詞と形容詞とを対にすることができる)——

昔聞洞庭水　　昔聞く　洞庭《どうてい》の水
今上岳陽楼　　今上る　岳陽楼　　　　(「岳陽楼に登る」の首聯)

「昔聞く」に「今上る」——
「洞庭」に「岳陽」——
「水」に「楼」——(洞庭水を固有名詞として岳陽楼と対を成してもよい)

「北固山の下に次る」も、首聯を含め三つの聯に対仗を施している。

「客路」に「行舟」——
「青山」に「緑水」——
「外」に「前」——(以上首聯)
「潮は平らかにして」に「風は正しうして」——
「両岸」に「一帆」——

「闊く」に「懸る」――（以上頷聯）
「海日」に「江春」――
「生じ」に「入る」
「残夜」に「旧年」――（以上頸聯）

VI　用事――古典や故事成語を自分の作品に詠み込むことである。押韻、平仄、対仗のように必ず用いなければならないというわけではないが、巧みな用事を通して、短い律詩や絶句の空間を大きく拡げることができる。この作品において、尾聯の「郷書」と「帰雁」は、『漢書《かんじょ》』の「蘇《そ》武《ぶ》伝」に見られる故事である。用事の技法に関しては、これまで何度となく語ってきたので詳述は省きたい。この書物で取りあげた五十首の中、とりわけ精彩な用事を見せているのは、李白の「早《つと》に白帝城《はくていじょう》を発す」（四二頁）、張九齢《ちょうきゅうれい》の「望月懐遠《ぼうげつかいえん》」（一二四頁）、孟浩然《もうこうねん》の「洞庭湖を望んで張丞相《ちょうじょうしょう》に贈る」（一九四頁）、祖詠《そえい》の「薊門《けいもん》を望む」（一九九頁）、王昌齢《おうしょうれい》の「芙蓉楼《ふようろう》にて辛漸《しんぜん》を送る」（二〇四頁）などであった。

この付録では、近体詩のさまざまな規律や技法について一通り述べてみた。いろいろな意味で及ばざるところが沢山あるに違いないが、更なる詳論は後日を期することにする。
あらためて断るまでもないが、このような規律や技法は決して、誰か一人の手によって造り出されたものではなかった。隋唐に至るまで、あまたの詩人が千数百年もの永い歳月をかけて模索し、悩んだ上、ようやく生み出されたものなのである。

あとがき

「五十首の作品を選ぼう――」

と思いつつ、わたくしは二〇〇二年の夏から本書の準備と執筆にとりかかった。

五十首と決めたのは、別にその数字にこだわったわけではない。原詩を載せ、訓読をつけ、現代語訳にあたる大意を書く。その上、詩を詠んだときに詩人たちがおかれた社会環境を探り、その時代背景を突きとめそして詩心に迫る。そうするためには、一首につき約四頁~五頁というスペースがどうしても必要なのである。

まえがきにも触れたことだが、書き進めているうち、杜甫をはじめ八人の詩人が自ずと本書の中心人物になっていった。同時に、取りあげるべき作品も四章の主題に応じて次々とわたくしの心に浮かんできた。あとは紙幅の都合で長篇のものを避けたり、日本で親しまれているものと、あまり知られていないが素晴らしいものとのバランスを整えたりなどしてごく自然に決まっていった。

「付録」まで全てを書き上げた今になって顧みると、本書に取りあげた五十首の詩は、いずれもわたくしが生まれてこのかた折にふれて口ずさんだものだ。「文化大革命」の嵐に苦しむわたくしを勇気づけ、改革開放後、シンガーや吟遊詩人として中国の大地を放浪したわたくしを支え、来日してからは清貧の生活に耐えつつわびしいランプの元で勉学に励むわたくしに、いったいどれほどのぬくもりと光を与えてくれたかは言い表すことすらできない。ある意味では、この五十首は執筆のため意図的に選び出したというより、わたくしの心の中で、時の流れの中で少しずつ形作られてきたものと言えるかもしれない。

また「付録」についてだが、そもそも本書に入れなくてもよいとは思っていた。しかし、かつての詩人たちがいかに一字一句に精魂をこめ作品を創りあげてゆくかを知り、漢詩の醍醐味を味わい、漢詩の奥義を手探りし、ついにはその大空を羽ばたくには、やはりどうしても技法の難関を越えなければならないのだ。この「付録」は一気に読んで呑み込めない場合、本書をしばらく本棚にしまっておいてもよい。なぜなら、これはもともと一気に身につけてしまうようなものではないのだから。いつか、漢詩の世界にもっと親しみを抱き、漢詩が醸し出す音楽性から更なる悦びを覚え、やがておのれの心からも漢詩らしきものが流れ出ようとしたら、その時にまた読み返していただければきっと役に立つに違いない。

なお、漢詩の音声、韻律の美を実感していただくため、個人の企画として、本書の内容にあわせたわたくしの朗読ＣＤも発行する予定である（予価二、〇〇〇円）。現代中国語の朗読と、古代漢語の朗詠、そして幾つかの名吟を選んで日本語の朗読をも吹き入れるつもりでいる。CDに添えるブックには、現代中国語の発音（ローマ字による拼音《ぴんいん》）をつけておく。興味のある方々はぜひお聴きいただきたい。問い合わせ先は左記の通り。

荘魯迅事務所
〒一四六—〇〇八五　東京都大田区久が原一—二一—二
電話・ファックス〇三—三七五四—〇九〇〇

最後に、本書の出版や執筆にあたって、真摯な態度でわたくしに接し貴重なアドバイスをくださった大修館編集第一部の円満字二郎氏と、今日までさまざまな面でわたくしの活動を支援してくださった多くの友人たちに感謝を申し上げ、中国、日本、アジアに真の平和、自由、幸福が遠からぬ明日におとずれてくるよう心から祈りをささげたい。

二〇〇三年三月

荘　魯迅

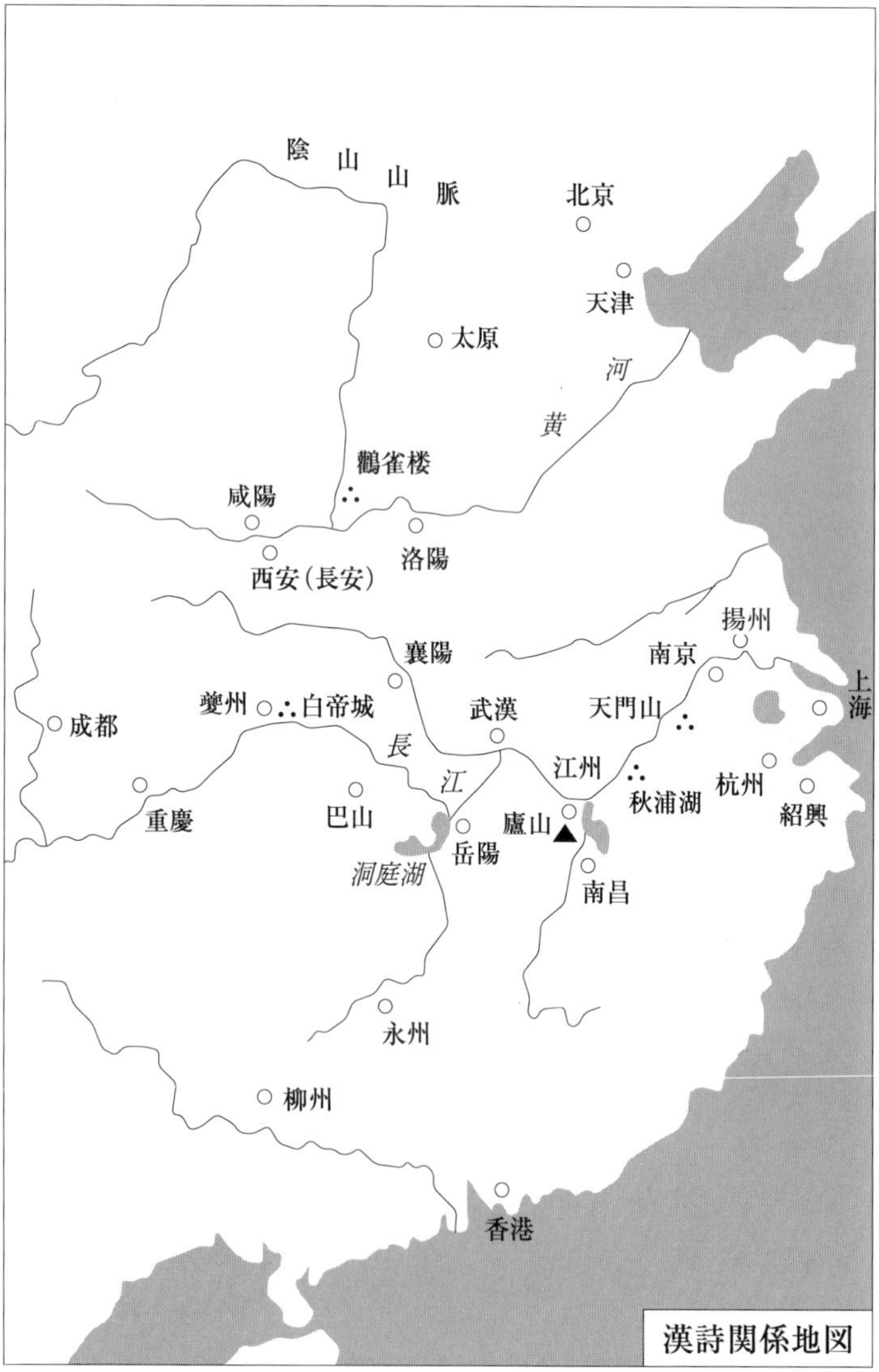

陰山山脈
北京
天津
太原
河
黄
鸛雀楼
咸陽
洛陽
西安（長安）
揚州
襄陽
南京
上海
夔州
白帝城
武漢
天門山
成都
長
江
江州
秋浦湖
杭州
紹興
重慶
巴山
廬山
岳陽
洞庭湖
南昌
永州
柳州
香港
漢詩関係地図

[著者略歴]

荘　魯迅（そう　ろじん）

1956年上海生まれ。画家であった両親は文化大革命で拘束され、祖母に育てられる。芸術大学をめざすが、出身家庭が問われ、不合格となる。80年歌手デビュー。88年来日。修学1年半で日本語一級検定試験に合格、東洋大学文学部国文学科に入学、大学院修士課程に進む。現在、音楽活動の傍ら、和光大学（非常勤講師）などで漢詩や中国の歴史を教える。著書に『物語・唐の反骨三詩人』（集英社新書）がある。

カバー写真 © JTBフォト/本文写真 © C.P.C.

〈あじあブックス〉

漢詩《かんし》 珠玉《しゅぎょく》の五十首《ごじっしゅ》――その詩心《しごころ》に迫《せま》る

NDC921 272p 19cm

初版第1刷――2003年6月10日

第2刷――2004年9月1日

著者――荘《そう》　魯迅《ろじん》

発行者――鈴木一行

発行所――株式会社大修館書店

〒101-8466 東京都千代田区神田錦町3-24

電話03-3295-6231(販売部)03-3294-2352(編集部)

振替 00190-7-40504

[出版情報] http://www.taishukan.co.jp

装丁者――小林厚子

印刷所――壮光舎印刷

製本所――関山製本社

ISBN4-469-23194-0　Printed in Japan

アジアの言語・文化・歴史を見つめ直す

[あじあブックス]

001 漢詩を作る　石川忠久著　本体一六〇〇円

002 朝鮮の物語　野崎充彦著　本体一八〇〇円

003 三星堆・中国古代文明の謎——史実としての『山海経』　徐朝龍著　本体一八〇〇円

004 中国漢字紀行　阿辻哲次著　本体一六〇〇円

005 漢字の民俗誌　丹羽基二著　本体一六〇〇円

006 封神演義の世界——中国の戦う神々　二階堂善弘著　本体一六〇〇円

007 干支の漢字学　水上静夫著　本体一八〇〇円

008 マカオの歴史——南蛮の光と影　東光博英著　本体一六〇〇円

009 漢詩のことば　向島成美著　本体一八〇〇円

010 近代中国の思索者たち　佐藤慎一編　本体一八〇〇円

011 漢方の歴史——中国・日本の伝統医学　小曽戸洋著　本体一六〇〇円

012 ヤマト少数民族文化論　工藤隆著　本体一八〇〇円

013 道教をめぐる攻防——日本の君王、道士の法を崇めず　新川登亀男著　本体一八〇〇円

014 キーワードで見る中国50年　中野謙二著　本体一七〇〇円

015 漢字を語る　水上静夫著　本体一八〇〇円

016 米芾——宋代マルチタレントの実像　塘耕次著　本体一八〇〇円

017 長江物語　飯塚勝重著　本体一九〇〇円

018 漢学者はいかに生きたか——近代日本と漢学　村山吉廣著　本体一八〇〇円

アジアの言語・文化・歴史を見つめ直す

[あじあブックス]

019 **徳川吉宗と康熙帝** ——鎖国下での日中交流 大庭脩 著 本体一九〇〇円

020 **一番大吉！おみくじのフォークロア** 中村公一 著 本体一九〇〇円

021 **中国学の歩み** ——二十世紀のシノロジー 山田利明 著 本体一六〇〇円

022 **花と木の漢字学** 寺井泰明 著 本体一八〇〇円

023 **星座で読み解く日本神話** 勝俣隆 著 本体一九〇〇円

024 **中国幻想ものがたり** 井波律子 著 本体一七〇〇円

025 **大小暦を読み解く** ——江戸の機知とユーモア 矢野憲一 著 本体一七〇〇円

026 **アジアの仮面** ——神々と人間のあいだ 廣田律子 編 本体一九〇〇円

027 **山の民 水辺の神々** ——六朝小説にもとづく民族誌 大林太良 著 本体一四〇〇円

028 **道教の経典を読む** 増尾伸一郎・丸山宏 編 本体一八〇〇円

029 **養生の楽しみ** 瀧澤利行 著 本体一六〇〇円

030 **漢詩の鑑賞と吟詠** 志賀一朗 著 本体一九〇〇円

031 **毒薬は口に苦し** ——中国の文人と不老不死 川原秀城 著 本体一九〇〇円

032 **中国の年画** ——祈りと吉祥の版画 樋田直人 著 本体一八〇〇円

033 文物鑑定家が語る **中国書画の世界** 史樹青 著 大野修作 訳 本体一八〇〇円

034 **風水と身体** ——中国古代のエコロジー 加納喜光 著 本体一六〇〇円

035 **中国科学幻想文学館(上)** 武田雅哉・林久之 著 本体一八〇〇円

036 **中国科学幻想文学館(下)** 武田雅哉・林久之 著 本体一八〇〇円

アジアの言語・文化・歴史を見つめ直す

[あじあブックス]

2004年9月現在

037 **六朝詩人群像** 興膳宏 編 本体一七〇〇円

038 **中国の呪術** 松本浩一 著 本体一八〇〇円

039 **唐詩物語** 名詩誕生の虚と実と 植木久行 著 本体一八〇〇円

040 **四字熟語歴史漫筆** 川越泰博 著 本体一七〇〇円

041 **中国「野人」騒動記** 中根研一 著 本体一七〇〇円

042 **「正史」はいかに書かれてきたか** ——中国の歴史書を読み解く 竹内康浩 著 本体一五〇〇円

043 **現代韓国を知るキーワード77** 曺喜澈 著 本体一八〇〇円

044 **闘蟋(とうしつ)** ——中国のコオロギ文化 瀬川千秋 著 本体一八〇〇円

045 **開国日本と横浜中華街** 西川武臣・伊藤泉美 著 本体一七〇〇円

046 **漂泊のヒーロー** ——中国武侠小説への道 岡崎由美 著 本体一七〇〇円

047 **中国の英雄豪傑を読む** ——『三国志演義』から武侠小説まで 鈴木陽一 編 本体一七〇〇円

048 **不老不死の身体** ——道教と「胎」の思想 加藤千恵 著 本体一六〇〇円

049 **アジアの暦** 岡田芳朗 著 本体一八〇〇円

050 **宋詞の世界** ——中国近世の抒情歌曲 村上哲見 著 本体一七〇〇円

051 **弥勒信仰のアジア** 菊地章太 著 本体一八〇〇円

052 **よみがえる中国の兵法** 湯浅邦弘 著 本体一八〇〇円

053 **漢詩 珠玉の五十首** ——その詩心に迫る 荘魯迅 著 本体一八〇〇円

以下続刊

定価=本体+税五%